KB096544

내 첫사랑은 결국 너였음을

내 첫사랑은 결국 너였음을

발 행 | 2023년 10월 17일
저 자 | 임효인
펴낸이 | 한건희
펴낸곳 | 주식회사 부크크
출판사등록 | 2014.07.15.(제2014-16호)
주 소 | 서울특별시 금천구 가산디지털1로 119 SK트윈타워 A동 305호
전 화 | 1670-8316
이메일 | info@bookk.co.kr

ISBN | 979-11-410-4762-7

www.bookk.co.kr
ⓒ 임효인 2023

내
첫사랑은
결국
너였음을

임효인 지음

목차

제1장 첫사랑

그날이었다.

하늘은 맑고 푸르며 햇살은 따사롭던 날.

나는 그날 처음으로 첫사랑이 생겼다.

내가 그 아이를 첫사랑이라고 단번에 느낀 장소는 고등학교 첫 등교하던 날 탔던 버스 안이었다.

그 아이는 작은 얼굴에 동글한 얼굴형이었고, 머리를 높이 묶고 있었다. 교복을 보니 나와 같은 학교의 교복이었다.

　명찰이 가려져 있어서 이름은 보지 못했지만 같은 학교면 언젠가는 마주칠 거라는 그런 생각을 하며 멍하니 그 아이만을 바라보고 있었는데 그사이 벌써 학교 앞에 도착해 버스에서 내렸다.

나는 그날 이후 정신없는 학교생활로 그 아이를 만나지도, 떠올리지도 못하고 있었다.

그러다 고등학교에 입학한 지 2주가 지났을 무렵 나

는 그날 이후 오랜만에 그 아이를 학교 매점에서 보게 되었다.

우연히 그 아이 명찰을 보니 나와 같은 1학년에 이름은 반채아였다.

나는 반채아를 좋아하면서도 반채아와 친하지도 서로 아는 사이도 아닌지라 고백은커녕 인사도 해보지 못했다.

반도 다르고 반의 층도 달라 서로 만날 일도 거의 없었다. 어쩌다가 학교 도서관이나 매점에서 보는 것 그게 전부였다.

나는 집에 가서 항상 반채아를 만나면 어떤 방법으로 말을 걸어야 할지 미리 생각하고 연습도 했었는데 막상 우연히라도 반채아를 만나는 날엔 인사하려고 해도 반채아의 얼굴을 보게 되는 순간부터는 몸이 얼음처럼 얼어붙어 말조차 나오지 않았고, 몸도 움직여지지 않았다.

나는 그렇게 1년 동안 여름방학이 지나고 2학기가 지나고 겨울방학이 지나도록 말 한번 걸어보지 못하고 혼자 반채아를 짝사랑하면서 나의 고1은 허무하게 끝나버렸다.

그렇게 시간이 지나 고2 새 학기 첫날 나는 반채아와 같은 반이길 기대하면서 교실에 들어갔다.

하지만 역시나 반채아는 없고 내 친구 놈들만 앉아있

었다. 나는 첫사랑은 원래 안 이루어지는 게 맞나 보다. 라고 생각하며 자리에 앉았다.

그렇게 새로운 담임 선생님이 들어오셔서 출석을 부르고 계시는데 한 여자애가 "늦어서 죄송합니다."를 외치며 들어왔다.

나는 새 학기부터 누가 저렇게 늦지? 생각하며

누군지 궁금해 문 쪽을 보니 반채아가 들어오고 있었다.

나는 믿기지 않아서 내 두 눈을 손으로 비비며 다시 한번 보았다. 그런데 그 애는 틀림없이 반채아가 맞았다. 담임 선생님께서는 이어서 출석을 부르시고 다른것에 대해 이야기하시고 계셨던것 같은데 나는 반채아랑 같은 반이 되었다는 것에 기쁘고 설레어 담임 선생님의 이야기는 귀에 들리지도, 아니 듣고 싶지도 않았다.

학교가 끝나고 친구들이 같이 PC방에 가자고 했지만 나는 들은 체도 안 하고 바로 집으로 달려와 방 안에서 멍하니 있다가 이게 꿈은 아닌지 무심코 내 볼을 꼬집은 다음, 평소에는 믿지도 않고 믿고 싶어 하지도 않던 무교인 내가 '하느님 부처님 감사합니다.'를 몇 번이고 외치며 좋아했다. 그래서 사실 나는 오늘 하루가 어떻게 지나갔는지도 모르겠다.

나는 다음날, 그다음 날도 매일매일 반채아의 얼굴을

볼 수 있어 너무 좋았다. 그리고 고2가 된 지 한 달 만에 담임 선생님께서는 너희들이 더욱 친해지길 바라는 마음으로 오늘부터는 혼자 앉지 말고 짝꿍으로 앉으라고 하시면서 제비뽑기를 준비해 오셨다고 하셨다.

나는 반채아와 짝꿍이 되기를 내심 기대하면서 종이를 뽑았다. 내 번호는 8번이었다. 나는 8번 자리로 내 책상을 옮기고 있는데 누군가 "여기가 7번 자리 맞아?"라고 물었다.

나는 "어, 여기가 7번 자리야."라고 대답했다.

그리고 누가 내 짝꿍인지 고개를 돌려 왼쪽을 봤는데 내 짝꿍은 반채아였다. 나는 반채아와 같은 반이 된 걸로도 모자라서 짝꿍까지 되다니 정말 내 인생에 이런 행운이 오다니 라고 생각하며 정말 너무나도 좋았다.

게다가 반채아랑 내가 대화를 하다니 비록 한마디가 전부였지만, 그래도 좋았다.

반채아와 짝꿍이 된 다음 날 반채아가 나에게 먼저 인사를 건넸다. "안녕? 짝꿍"이라고. 나는 너무 놀라 소리 지를뻔했지만 다행히 소리는 지르지 않고 인사를 했다. "어? 안, 안녕"이라고. 비록 더듬으면서 인사를 했지만.. 채아는 그 뒤로도 나에게 계속 말을 걸어 왔다.

별.. 중요한 이야기는 아니지만 그냥 소소한 이야기

정도로.. 뭐 이런 거?

"짝꿍! 네 이름이 서은유..? 맞나?"
"어, 맞아 내 이름."
"아ㅎㅎ 다행이다 네 이름 틀리게 말 안 해서. 내가 사람 이름을 잘 못 외우거든."
"아, 그렇구나."
"은유 너는 내 이름 알고 있나?"
"응, 당연하지 반채아잖아."
"아, 알고 있구나!"
"보통 성씨가 '반'인 사람이 흔하지 않아서 그런지.. 내 이름을 빨리 잘 못 외우거나 이상하게 외우는 사람들이 많더라고."
"그래서 한번 물어본 거야."
"아, 그래? 난 네 이름 한 번에 외우겠던데? 네 이름이 예뻐서 그런가?"
"그렇게 말해줘서 고마워."
"고맙긴 뭘,"
"그럼 은유야 우리 짝꿍 된 동안 잘 지내보자! 잘 부탁해!"
"나도 잘 부탁해."

대화하는 것만 보면 내가 채아와 대화를 잘하는 것처럼 보이지만, 막상 대화를 하고 나면 내 심장은 터질 것만 같았다. 그렇게 나는 채아와 쉬는 시간이나 점심시간에 서로 이것저것 시시콜콜한 이야기도 하는 평범한 친구 사이처럼 친해지게 되었다.

채아와 내가 이렇게 가까워지게 되다니 정말 기쁘다.
그렇게 채아와 내가 친해지기 시작한 지 2주 뒤.
국어 선생님께서는 국어수행으로 4명씩 팀을 짜서 조사하고 발표해야 하는 일이 생겼다.
나는 내가 먼저 채아에게 같이 하자라는 말을 먼저 해볼까 생각하고 있었는데, 그때 마침 채아가 내게 말을 걸어왔다.
"은유야, 우리 같이할래?"
"그래, 좋아."
"은유야 그럼, 남은 2명은 네모랑 세모한테 같이 하자고 할까?"
"어때?"
"그래 그게 좋겠다. 각자 네모랑 세모한테 말하고 오자."
"응!"
그렇게 나와 채아, 내 친구 세모, 채아친구 네모와 함께 국어수행을 하게 되었다.
그리고 역할을 정하다 보니 각 2명씩 팀을 나눠서 수행 준비를 하게 되어 가위바위보로 정해진 팀을 정했는데 운명처럼 나는 채아와 세모는 네모와 하게 되었다. 그렇게 나는 채아와 자료 조사 역할이라 자료 조사 하러 같이 다니게 되었다.

처음에는 학교 도서관 책들을 빌려 자료 조사를 하거나 점심시간에 도서관에서 책들을 읽으며 자료 조사를 하다가 도서관의 책들로는 자료조사 내용의 부족한 부분이 생기기 시작했다.

"은유야, 우리 각자 따로 자료 조사해 올까? 아니면 겹치는 부분이 있을 수 있으니까.. 마침 내일 토요일인데 내일 만나서 같이 조사할래..?"

"응, 그래 그게 좋겠다. 내일 만나서 같이 하자."

그날 그렇게 학교 수업이 끝나고 교실을 나가려는데 채아가 나를 불러 세웠다.

"저기, 은유야 나 네 전화번호 좀 알려줄 수 있어? 생각해 보니까 아직 서로 번호도 모르는 것 같아서.."

"아, 응 폰줘."

"여기."

"고마워, 이따 시간 나면 연락할게! 낼 보자!"

"어, 응!"

그날 저녁 채아에게서 연락이 왔다.

"은유야 하이! 우리 내일 보기로 했던 학교 앞에서 12시까지 만나자!"

"응, 그래 내일 봐!"

"그리고 010 ×××× ×××× 이건 내 번호인데 알고 있으라고!!ㅎㅎ"
"아, 고마워 알고 있을게!"
그렇게 나는 채아와 연락도 하고 개인적으로 따로 만나기도 하는 친구 사이가 되었다. 분명 작년까지만해도 채아와 이렇게 친해지고, 연락하면서 밖에서 따로 만날 수 있는 사이가 될 거라고 생각도 하지 못했는데 요즘 너무 행복하다. 아, 내일 채아랑 약속한 시간에 만나려면 일찍 자야겠다. 그렇게 다음날 채아와 학교 앞에서 만났다.

"은유야, 안녕!"
"응, 안녕!"
"은유야, 점심 먹었어?"
"아니, 아직."
"배 안고파?"
"음, 조금 고픈 것 같기도 하다."
"채아 너는?"
"음, 나도 조금 고프네."
"은유야, 우리 그럼 점심부터 간단하게 먹고 자료 조사 하러 갈까?"
"응, 그래 그러자."
그렇게 우리는 간단하게 점심으로 떡볶이를 먹고, 근처 카페에 가서 자료조사를 했다.

물론 자료 조사전에 음료는 마시고.

"은유야, 너 음료는 뭐 마실래?"
"나는 아.아 (아이스아메리카노)"
"우와 너 아.아 도 마셔? 좀 어른 같다!"
"응, 먹다 보니 먹을 만해서."
"나는 에이드 마셔야겠다."

-음료를 다 마신 후

"그럼 음료도 마셨겠다 자료수집을 시작할까?"
"그래, 우리 열심히 해보자."

-자료조사 하는 중
"은유야, 이 부분은 어떤 것 같아?"
"어, 괜찮은 것 같은데? 이해도 잘되는 내용이고."
"그럼 이것도 넣어야겠다."

"채아야 이 영상 2개 중에 어떤 게 괜찮은 것 같아?"
"둘 다 좋긴 한데.. 개인적으로 나는 1번이 더 좋은 것 같아. 영상 내용이 지금 우리가 조사하는 주제에 더 맞기도 하고 더 자세하게 나오는 것 같아!"

"그래 알겠어! 나도 다시 보니 이게 더 나은 것 같다."

- 조사한지 3시간이 지난 후

"은유야, 조사 어디까지 했어?"
"나? 거의 다했어."
"은유야 우리 생각보다 조사하는 합이 잘 맞는데?"
"그러게 조사한 내용도 만족스럽고 뿌듯하네."
"가위바위보로 역할을 정해서 팀을 뽑긴 했지만, 너랑 같이하게 돼서 너무 좋다."
"그렇게 말해주니 고마운데? 사실 나도 채아 너랑 같이하게 돼서 좋아. "
"풉ㅋㅋ"
"뭐야 풉ㅋㅋ"
"이렇게 말하니까 좀 오글거린다."
"그러게."
"그래도 방금 은유 너한테 한 말은 진심이야."
"그래, 나도야."
"우리 조사도 거의 다 했는데 나머지는 집에 가서 각자 마무리할까?"
"그래, 그러자."
"은유야, 오늘 자료 조사하느라 수고했어!"

"응, 채아 너도 수고 많았어."
"그럼 월요일날 학교에서 보자 잘 가!"
"그래 너도 조심히 잘 가!"

채아와 이제 전보다 친해졌다고 느껴서 그런지 나는
그날 밤 채아에게 내가 먼저 연락을 했다.
"채아야 아까 집에는 잘 들어갔어? 아까 연락한다는
게 깜빡했네ㅠ"

-1시간 뒤 채아에게서 답장이왔다.
-어, 씻고 있어서 이제 봤네ㅠ 응! 나는 당연히 잘
들어왔지! 은유 너는? 너도 잘 들어갔지..?
"응, 나도 잘 들어왔지!"
-은유야! 오늘 원래 자료조사 하려고 만난 거긴 하지
만.. 너랑 점심도 같이 먹고, 카페에서 이것저것 소소
한 이야기를 나누는 것도 재밌었던 것 같아!
  혹시 너만 괜찮다면, 우리 다음에는 과제 때문에 만
나는 거 말고, 그냥 노는 목적으로 만나자! 이렇게 말
하니까 조금 이상한가? ㅋㅋ
"아니! 하나도 안 이상해! 나도 오늘 너랑 만나서 이
야기도 하고 정말 재미있었어! 다음에 또 언제든지
만나서 같이 놀자!"
-응! 은유야 그럼 우리 월요일날 학교에서 보자. 잘

자!
"응, 채아 너도 잘자."

그렇게 나는 채아와의 짧다면 짧고, 길다면 긴 톡을 나누었다.
이렇게 채아와 점점 더 가까운 친구 사이가 된다면, 정말 정말 운이 좋아서 · 채아도 나를 좋아하게 된다면, 내가 채아의 남자친구가 될 수도 있지 않을까?

아, 내 상상이 너무 멀리까지 갔다.
아무튼 오늘 채아와 많은 이야기를 할 수 있어서 너무 즐겁고 꿈만 같았다.
앞으로도 계속 이런 좋은 일만 일어나길!

....
그렇게 꿈만 같던 주말이 끝나고 월요일이 찾아왔다.
"은유야 안녕!"
"어, 안녕!"
"은유 너 국어발표는 자신 있어?"
"당연하지! 자신 있어."
"채아 너는?"
"나도 자신 있어!"
"그래, 우리 둘 다 마지막 발표까지 열심히 잘 마무리해 보자."

그렇게 우리는 마지막까지 열심히 수행발표를 했고, 그 결과 좋은 점수를 받게 되었다. 그렇게 즐겁고 행복한 나날만이 나를 기다리고 있을거라고 생각했는데... 분명 그랬는데...

그 녀석이 나타난 후 마냥 행복하기만 했던 내 앞날에 가시밭길이 놓인 듯 힘든 나날들이 시작되었다.

때는, 국어수행이 끝난 지 일주일이 지났을 무렵 평소와 같은 아침 조회 시간이었다. 그날도 어김없이 담임 선생님께서 들어오셨다. 그런데 담임 선생님 혼자 들어오신 것이 아니라 처음 보는 남학생도 같이 들어왔다. 담임 선생님은 새로운 전학생이라고 말하셨다. 그 전학생이 들어와서 한 말은 간단한 인사말과 이름까지 단 세 마디였다.

"안녕."

"난 은제이야."

"앞으로 잘 부탁한다."

담임 선생님은 아직 학기 초니까 서로 챙겨주면서 잘 지내보라고 하셨다. 그러면서 은제이의 자리를 정해주셨는데 그 자리는 바로 채아와 나의 뒷자리였다.

그리고 1교시가 끝난 후 뒷자리 은제이에게서 말이 걸려 왔다.

"너 반채아 맞지?"

"네가 채아를 어떻게 알아? 서로 아는 사이야?"

놀란 내가 물었다.

"반채아랑 유치원 때부터 초딩때까지 같은학교친구였
어. 근데 반채아는 아마 내가 예전보다 얼굴이 너무
많이 바뀌어서 바로 못 알아봤겠지?

채아도 뒤늦게 은제이를 기억한 눈치였다.

그렇게 며칠 동안에 서로 대화하던 채아와 은제이는
친해진 것 같았다.

  그리고 며칠 뒤

"은유야. 넌 생일이 언제야?"

"나는 4월7일"

"어? 그러면 얼마 안 남았네?"

"어, 그렇지?"

"채아 네 생일은 언제인데?"

"난 12월 4일."

"아, 그렇구나."

"난 아직 많이 멀었지?"

"응 그러네."

"은유 너 가지고 싶은 생일선물 있어?"

"지금 딱히 없는데..."

"평소에 필요하다고 느낀 것도 없어?"

"응 없는데..."

"흐으음 그래? 그럼 내 맘대로 줘도 되는 거지?"

"나 생일선물 사주게?"

"응 사줄게!."

"사주면 나야 고맙지."

"그럼 선물 기대해!"

"그래 기대할게."

그리고 2일 뒤 주말이었다.

백화점에서의 친구와의 약속이 있어 백화점에 갔었다. 그렇게 백화점을 돌아다니던 도중 낯익은 모습이 보였다. 바로 채아였다. 채아 옆에는 다른 사람도 있었는데 자세히 보니 은제이였다.

은제이가 왜 주말에 채아와 같이 백화점에 온 걸까. 나는 궁금해 미칠 것 같았다.

하지만 나는 어렸을 때부터 아는 사이였다가 요즘에 다시 친해졌으니까 뭐 주말에 만나서 놀 수도 있지. 라는 생각으로 괜히 의식하지 말자.

내가 채아의 남자친구도 아니잖아. 신경 쓰지 말자. 를 반복하며 친구와 백화점을 계속 돌아다니면서 구경했다.

그러다 문득 은제이가 채아를 좋아하는 게 아닐까? 라는 생각이 들었다. 얼마전부터 은제이가 채아랑 자주 붙어 다니고 채아한테만 말을 많이 걸을 때부터 신경 쓰였는데. 설마 진짜인가?

나는 너무 신경 쓰이고 괜히 질투가 나서 친구와 같이 그 두 사람을 찾아다녔다. 그러다 은제이와 채아를 발견했는데 다시 생각해 보니 내가 여기서 은제이와 채아를 발견했다고 한들 여기서 갑자기 '짠'하고 나타나서 자연스럽게 인사하는 것도 애매하고 계속 따라다니는 것도 이상해서 친구에게 "그만 가자."라고 말했다.

친구 녀석은 너 채아가 그렇게 좋으면 이런 식으로 일방적으로 짝사랑만 하지 말고 점점 더 친해져서 고백이라도 해보라고 했다. 내가 어리둥절해하니 친구 녀석은 "네가 채아좋아하는 티가 그렇게 나는데 모르겠냐?"라고 했다.

내가 그렇게 티 나게 채아를 좋아했나? 라는 생각과 함께 알 수 없는 미묘한 감정을 느꼈다. 그렇게 그날 밤 내가 채아를 많이 좋아한다는 것과 만약 채아에게 고백을 한다고 하더라도 채아가 나를 좋아하는 게 아니라면 채아에게 차여서 친구로도 못 지내고 불편한 사이가 되겠지.라는 생각이 내 머릿속을 한참이나 맴돌았고.

채아와 은제이는 서로 좋아하는 사이인 걸까? 라는 생각이 문득 들었다.

그렇게 복잡한 감정과 생각이 가득 차 그날은 잠에 깊게 들지 못하고 한참을 뒤척이다 간신히 잠에 들었다. 그렇게 주말이 지나고 어김없이 월요일이 찾아왔다. 아침 조회시간 담임 선생님께서는 다음 주에 2박 3일 수학여행을 간다고 하셨다.

나는 수학여행을 가서 좋은 것도 있었지만 채아를 좋아하는 것에 대한 복잡한 마음 탓인지 설레면서도 생각보다 크게 좋지는 않았다. 나는 월요일부터 목요일까지는 전처럼 채아와 대화를 많이 하지를 않았다. 그냥 아침 인사와 적당한 이야기 정도만 간단히 했다.

채아는 평소처럼 내가 자기와 대화를 많이 하지 않고 피하는 것을 느꼈는지 의아해하는 것 같긴 했지만, 딱히 이상하게 느낀 것 같진 않았다.

일주일을 거의 그런 식으로 지내다 보니 벌써 금요일이 되었다. 금요일 아침 채아는 평소와 같이 내게 아침 인사를 건넸다.

"은유야 안녕."

"응, 안녕."

그러다가 문득 이런 말을 건넸다.

"은유야 우리 주말에 같이 쇼핑 가지 않을래?"

"쇼핑?"

"응, 우리 다음 주에 2박3일 수학여행 가잖아."

"그래서 옷이나 뭐.. 이것저것 조금 살 겸 같이 가면 어떨까 해서.."

"어.. 한번 생각해 보고 말해줘도 될까? 내가 약속이 있었는지 헷갈려서."

"어, 그래그래 한번 생각해 보고 말해줘!"

"그럼 생각해보고 금방 바로 말해줄게."

나는 학교 수업 시간때까지 한참을 고민하다 결국 가기로 마음먹었다.

채아가 은제이를 좋아하는 게 확실한 것도 아니고 둘이 서로 사귀는 사이도 아닌데 내가 괜한 걱정을 한 것 같고, 내가 채아를 좋아한다는 건 변함이 없으니까.

"저기, 채아야 그 주말에 같이 쇼핑 갈 수 있을 것 같은데."

"어? 그래? 다행이다. 고마워 같이 가줘서."

"아니야 고맙긴 뭘 내가 가고 싶어서 가는 건데, 그리고 저번에 수행 준비로 자료조사 같이하면서 나중에 따로 만나서 놀자고 약속했었잖아."

"은유야 그럼 일요일에 보는 건 어때?"

"그래 좋아."

"그럼 우리 일요일 12시쯤에 학교 앞 정류장에서 볼까?"

"그래 그러자."

그렇게 약속 당일인 일요일이 되었다.

나는 전날부터 옷은 뭘 입을지 머리는 어떻게 할지 고민하면서 너무 설렜다.

그런데 하필 너무 급하게 준비하던 나머지 머리빗을 꺼내려다 머리빗 통에 잘 못 꽂혀있었던 커터칼 부분에 손을 베어버렸다. 아마도 평소에 쓰고 난 뒤에 아무 생각 없이 아무렇게 제멋대로 꽂아놓은 탓이겠지. 그런데 하필 커터 칼날을 제대로 닫아 놓지 않은 탓인지 깊게 많이 베인 탓인지 피가 많이 났다.

나는 피를 지혈하느라 정신이 없었다.

그런데 그런 상황에서도 내가 혹시라도 늦으면 나를 기다리고 있을 채아가 가장 먼저 떠올라 채아에게 전화를 걸었다.

-뚜르르르

-어! 은유야 왜?

"채아야 내가 커터칼에 손이 살짝 베여서 지혈하느라 정신이 없어서 내가 혹시라도 늦을까 봐 전화했어."

-뭐라고? 어쩌다가 손을.. 괜찮아? 많이 심하게 다친 거야?

"아 엄청 심한 건 아니고.."

-좀 늦어도 되니까 천천히 약 바르고 밴드까지 꼼꼼히 꼭 붙이고 나와.

"어,어 알았..ㅇ"

-아니다! 은유야 혹시 괜찮으면 나 너희 집에 가봐도
돼? 다른 건 아니고! 네가 괜히 급하게 나온다고 대
충하고 나올까 봐 걱정돼서..

....

-아, 아니다 내가 너무 갑작스럽게 막 물어본 것 같
다. 그냥 여기서 기다릴게.

"저 채아야 지금 집에 부모님께서 다 외출하셔서 안
계시는데 올래?"

-어? 나 가도 돼?

"어, 나 피 지혈하고 약도 발라야 하고 밴드 붙이는
동안에 너는 계속 나 기다려야 하니까.."

-그럼 갈게. 그 너희 집 주소가..

"아 xxx xx아파트 xxx동 xxxx호"

-어, 가깝네? 그럼 금방갈게.

"그래 조심히 와."

-뚝

-띵동·띵동·

"왔어?"

"응 걱정돼서. 많이 다친 거야? 봐봐. 은유야 생각보다 너무 깊게 베였잖아!"

"아 겨우 이 정도 다친 건데 뭘."

"겨우 이 정도가 아니지! 커터칼에 조금이라도 베이
면 얼마나 아픈데, 심지어 너는 깊게 베인 거잖아.
그리고 칼날은 위험하다고!"

"약도 잘 바른 거야?"

"어 진짜 잘 발랐어 ㅋㅋ"

"왜 웃어? 내 얼굴에 뭐 있어?"

"아니 그건 아니고 그냥 내 걱정해 주는 게 고맙기도
하고, 네가 화내는 걸 본적이 없어서 평소랑은 다른
사람 같기도 해서."

"그래, 나 원래 웃을 때랑 화낼 때랑 다르다 뭐.."

"나 치료 다 했는데 이제 갈까?"

"그래 이제 가자. 그런데 우리 이제 곧 수학여행 가
는데 다쳐서 어떡해."

"약 잘 바르면 금방 낫겠지 뭐. 게다가 손가락만 다
쳤는걸?"

"괜히 나 때문에 다친 것 같아서 미안하네.."

"왜 네가 미안해 내 잘못으로 다친 건데."

"내가 만나자고 안 했으면 안 다쳤을 수도 있잖아."

"에이 그런 게 어딨어."

"아 그건 그렇고 아까 너희 집 보니까 집이 되게 예
쁘더라."

"그래?"

"응."

"그럼 다음에 또 놀러 와."

"그래도 돼? 그땐 나 정식으로 초대해 줘!"

"응 약속할게."

"그럼 일단 옷부터 사러 가볼까?"

"그래."

"버스를 몇 번을 타야 하더라.."

"어! 저기 마침 오네."

"얼른 타자!"

-옷 가게

"은유야 이거 어떤 것 같아?"

"너랑 잘 어울리는 것 같은데?"

"그럼 이거랑 이거 중에는 어떤 게 더 괜찮은 것 같아?"

"나는 개인적으로 왼쪽이 좀 더 어울리는 것 같아."

"그래?"

"근데 너는 둘 다 어울려."

"그럼 2개 다 사야겠다."

"은유 너는 뭐 살 거 없어?"

"나도 옷을 살까 고민중이긴한데.."

"그럼 네가 내 옷 골라줬으니까 나도 네 옷 골라줄게!"

"그럼 나는 고맙지."
"은유야 우리 저기 저 가게 가보자."
"어 그래."

-다른 옷 가게

"이거 너한테 잘 어울린다."
"으음... 진짜 괜찮은 것 같기도?"
"음 뭔가 네 반응 보니까 네 스타일은 아닌 것 같아 다시 골라줄래."
"아 마음에 안 드는 건 아니고! 내가 이 색깔로는 자주 옷을 안 입고 다녀서 살짝 어색해서 그런거야.."
"아니야 은유야 네가 좋아할만한 걸 내가 반드시 찾아낼 거야."

 푸흡 귀엽다. 채아야 넌 알까? 이런 너의 사소한 행동 하나하나가 나를 더욱 설레게 한다는걸.

-30분 뒤

결국 어찌저찌해서 마음에 드는 걸 사는 데 성공했다.
"은유야 넌 이제 살 거 없어?"

"응 나는 이제 없는 것 같은데."

"채아 너는 있어?"

"아니 나도 이제 없는 것 같아."

"그럼 쇼핑하느라 다리 아프니까 뭐 먹으러 갈래? 내 옷도 열심히 골라줬으니까 내가 사줄게."

"좋아! 근처 카페로 가자!"

"내가 주문해서 갈게 채아야 너 뭐 마실래?"

"난 아이스초코."

"헐 은유야 케익도 산 거야?"

"오늘 옷 골라준게 너무 고마워서."

"뭐야, 너도 내 옷 골라줬잖아. 그럼 나중에 나도 사 줄게."

"그래 알겠어. 일단 먹자."

"은유야 너랑 이렇게 놀러 나오니까 너무 재밌다."

"나도."

"저번부터 계속 느낀 건데 나는 너랑 진짜 잘 맞는 것 같아. 너랑 놀면 항상 재밌어."

"그래? 다행이다."

"응? 뭐가?"

"아니야 그냥 너랑 잘 맞는 친구여서 좋다고."

"은유야 혹시 이거 다 먹고 화장품 가게 가서 내꺼 같이 가서 골라줄 수 있어? 아까 산다는 걸 잊고 있었어.."

"응 나야 당연히 골라줄 수 있지.. 그런데.."

"그런데?"

"내가 잘 골라줄 수 있다고 장담은 못 하겠어.."

"아~ 난 또 뭐라고. 난 네가 골라주면 다 좋아. 그러니까 걱정하지 마."

"그럼 최대한 열심히 골라줄게!"

"그래 어디 한번 열심히 잘 골라줘!"

-1시간 뒤

"이제 다 산 것 같은데 집에 갈까 은유야?"

"그래 이만 가자."

"어?! 은유야 지금 밖에 비 오는데? 그것도 아주 많이."

"그러네? 금방 그치는 소나기 같지는 않은데.."

"비가 그칠 때까지 기다려야 하나.."

"채아야 너 잠시만 여기서 기다려. 나 잠깐 갔다올게 금방올테니까 꼭 기다려!"

"어? 은유야 어디가?!"

-5분 후

"세상에 은유야! 너 우산 사러 갔다 온 거야?"

"응 여기서 계속 기다릴 수는 없으니까."

"근데 급하게 오느라 우산을 2개 산다는 게 1개만 사버렸어.. 미안."

"괜찮아. 네가 우리 집까지 데려다 주면 되니까."

"그래 내가 데려다줄게. 얼른 가자 감기 걸리겠다."

"은유야 데려다줘서 고마워! 조심히 가."

"어 내일 학교에서 보자."

그렇게 나는 채아와의 2번째 만남을 마쳤다.

아, 그런데 집에 오니 아까 잠깐 비를 맞았는데도 몸이 약간 추웠다. 감기가 오려나, 별 대수롭지 않게 생각하고 따뜻한 물로 샤워를 하러 들어갔다.

그런데 샤워를 하고 나오니 채아에게서 온 부재중 전화가 무려 2통이 와 있었다.

나는 아무 생각 없이 바로 채아에게 전화를 걸었다.

-뚜르르르

-여보세요.

"어 채아야! 샤워 중이라서 전화를 못 받았어. 미안."

-아냐! 미안하기는.. 그 다름이 아니라 아까 나 때문에 비 맞았잖아.. 혹시 감기라도 걸리면 안 되니까 조금이라도 감기 증상이 있으면 꼭 감기약 미리 먹으라고 전화한 거였어.

"아 그랬구나 나 괜찮은데 걱정해 줘서 고마워."

-그리고 오늘 하루 너랑 보내서 너무 즐거웠어! 이 말도 아까 하고 싶었는데, 못 해서..

"그랬구나.. 나도 사실 오늘 너랑 만나서 너무 즐겁고 좋았어."

그렇게 그날은 짧은 담소를 나누고 그 뒤로 채아와 무려 1시간을 더 통화했다.

다음날 월요일부터 화요일이라는 시간이 지나고..

드디어 오늘은 고2의 즐거운 수학여행을 가는 날이다.

뭔가 오랜만에 가는 것 같아서 너무 떨린다.

비록 우리학교는 수학여행을 먼 곳으로 가는 건 아니지만..

그래도 나름 시작은 좋았다. 공교롭게도 교실에서의 짝꿍과 같이 앉으라는 담임 선생님의 말씀에 버스에 앉을때 채아와 둘이 앉을 수 있게 되었으니까. 하필 내 뒷자리에 앉은 사람이 은제이가 아니었다면 더 좋았겠지만.

그래도 가는 동안 나랑 채아 평소 학교에서보다 더 편하게 이야기할 수 있어 좋았다. 그렇게 몇 시간 뒤 수학여행을 즐겁게 보낼 그곳에 드디어 도착을 했다.

도착하자마자 정해진 숙소에

짐을 놓고 밖으로 나갔다. 밖에 나가자마자 내 눈에 채아가 보였다. 나는 친구들을 뿌리치고 채아에게 달

려갔다.

"채아야, 선생님들이 자유시간이라고 저녁 먹기 전까지는 마음대로 돌아다녀도 괜찮다는데 넌 어디 갈 거야?"

"아 애들 말로는 여기 유명한 나무가 있다고 다른 애들도 가본다던데 은유 너도 나랑 같이 갈래?"

"유명한 나무? 그래 같이 가자."

그 나무가 있는 곳은 숙소 앞 5분 거리에 있는 곳이었는데 아주 큰 벚나무였다. 사실 나는 주변에 다른 나무들이 더 많이 있는데 뭐가 유명한 것인지 이해가 가지 않았다. 그러다 거기 나무를 관리하시는 듯한 분이 계셨는데 우리를 보더니 거기 나무를 관리하시는 듯한 분이 말씀하셨다. "여기 놀러 온 학생들인가 보네."

"학생들은 커플이야?"

"아.. 아니요!"

나랑 채아 둘 다 눈이 커져서 동시에 대답했다.

"아 그러면 짝사랑 사람은 있어? 이 나무가 여기선 꽤 유명한 나무인데 알고들은 있나?"

"이 나무가 왜 유명한데요?"

내가 물었다.

"이 나무는 첫사랑을 이루어 주는 나무야."

"첫사랑을 이루어 준다고요?"

채아가 물었다.

"그래. 근데 아무나 다 이루어 주는 건 아니고, 너희들처럼 젊고 예쁠 학생일 시기에 자신의 첫사랑의 이름을 종이에 적고 나무 앞쪽에 타임캡슐로 묻고 어른이 되었을 때 자신이 종이에 적은 상대방과 한날한시에 이 곳에 이 나무 앞에 나타나 이 벗나무를 보고 벗꽃잎을 잡으면 첫사랑이 이루어진다네."

"에이 어떻게 한날한시에 이곳에 와서 벗꽃잎을 잡아. 채아야 말도 안 되지 않아?"

"음 뭐 아주 낮은 확률로 이루어질 수도..? 있지 않을까?"

'방금 들으니까 채아? 라고 했나. 학생 말이 맞아.'

"네?"

"다들 내가 이 이야기를 해주면 말도 안 된다고들 하지만 내가 이곳에서 이 나무를 관리하며 일한 지 좀 오래되었는데 이곳에 다시 찾아와 첫사랑이 이루어져 커플이 된 대학생들이 있었어."

"진짜로 그런 사람들이 있었어요?"

"그럼 진짜지. 내가 일하고 있을 때였는데 그 학생들이 서로 우연히 이 곳을 찾아왔다가 우연히 나를 보고는 나를 알아봤는지 나한테 말해주더라니까.

아마 그 학생들도 내가 말한 소문을 들었던 학생들이었겠지. 나도 물론 처음에는 그저 전해지는 헛소문이

겠거니 생각했었는데 그 사람들을 보고 나니 믿게 되었어. 어쩌면 풋풋하고 진실되며 순수한 사랑이라면 이렇게 말도 안 되는 일이 이루어지기도 하는구나."
라고

"그런데 그 학생들은 다시 어떻게 만났데요?"

"나도 그게 너무 신기하고 궁금해서 물어보니까 그 학생들이 말하기를 서로 좋아했었는데 자신들이 서로 좋아하는 것도 모르고 있다가 어느 날 갑자기 서로가 생각이 나서 와보니까 운명처럼 만났더라고.
심지어 둘 다 벚꽃잎도 잡았데."

"우와 마치 드라마 속 이야기 같아요."

채아가 말했다.

"그렇지? 나도 아직도 안 믿긴다니까. 학생들도 혹시 첫사랑인 것 같다 싶은 사람이 있으면 여기 와서 그 사람 이름 종이에 적어서 여기 타임캡슐로 묻어.
막상 이 이야기해 주면 가짜 같다고 안 믿고 안 하는 학생들도 있지만, 첫사랑이 이루어지든 안 이루어지든 재미로 해보는 학생들도 꽤 많으니까.
학생들도 첫사랑인 것 같다 싶은 사람 있으면 한번 해봐.
타임캡슐 묻는 건 내가 해줄 테니까. 혹시 알아? 간절히 원하면 진짜로 이루어질지."

"그러면 저 해볼게요."

채아가 말했다.

"어어 그래요 한번 해봐요. 남학생은?"

"아 저는 괜찮아요."

"채아야 너 좋아하는 사람 있었어?"

"아 응! 말하긴 조금 부끄러운 데 있어."

"아 그렇구나.. 그런데 나 먼저 숙소 좀 들어가 볼 게 컨디션이 좀 안 좋아져서 미안.."

"아 그래? 나는 괜찮아 얼른 가서 푹 쉬어!"

나는 사실 컨디션이 나쁘지 않았다. 그냥 혼자 조금 마음이 헛헛했을 뿐 그 이상 그 이하도 아니다.

아니. 사실 그냥 마음이 헛헛할 정도가 아닐지도 모르겠다. 아까 채아가 좋아하는 사람이 있다고 했을 때 사실은 채아에게 물어보고 싶었다.

"채아야 너 좋아하는 사람 있어? 그게 누군데?"라고.. 하지만 내 귀로 그걸 직접 들으면 더 가슴이 쓰릴까 봐, 내가 더 내려앉을까 봐, 바보처럼 채아에게 아무것도 물어보지 않았다. 아니 물어보지 못했다.

채아가 진짜 은제이를 좋아하는 걸까? 아니면 또 다른 사람을 좋아하는 걸까. 나 혼자서 채아를 좋아하는 것뿐이지 내가 채아와 서로 좋아하는 사이인 것도 아닌데 왜 이렇게 슬프지. 요 며칠 채아와 좀 만났다고 너무 들뜬 나머지 채아도 나를 좋아한다고 혼자 착각했던 걸까. 괜스레 마음 한구석이 쓰리고 아려온다.

그렇게 숙소에서 혼자 쉬던 것도 잠시 저녁을 먹을
시간이 되었다.
나는 먹는 둥 마는 둥 한 채로 대충 저녁 식사를 마
친 뒤 소화가 안된다는 핑계로 잠시 숙소 앞까지만
걸어갔다 오겠다고 담임 선생님께 말씀드린 뒤 담임
선생님의 허락이 떨어지자마자 그대로 밖으로 나섰
다.
그렇게 내가 걸어간 곳은 아까 낮에 채아와 함께 갔
던 숙소 앞 5분 거리에 있는 그 벚꽃나무 앞이었다.
나도 내가 무슨 생각으로 어떠한 마음을 가지고 그곳
에 간 것인지도 모르겠다.
그런데 그 순간 아까 나와 채아에게 벚꽃나무에 대해
설명해주신던 분이 나타나셨다.

"학생도 타임캡슐 묻으려고 온 거야? 아까는 안색이
안 좋던데 지금은 괜찮고?"
"네, 지금은 뭐 괜찮아졌어요."
"학생, 혹시 아닐 수도 있지만 아까 그 여학생 좋아
하는거야?"
……………………
"아이고 내가 괜한걸 물었다 학생 미안해."
"네 맞아요 저 아까 그 여학생 좋아해요. 저도 몰랐

는데 제 생각보다 훨씬 더 좋아했나봐요...”
바보같이 눈물이 한 방울씩 또르르 흘렀다.

“학생 타임캡슐 한번 묻어볼래?”
“네?....”
“혹시 알아? 나중에 학생이 그 여학생하고 이루어질
지..”
“근데 그 여학생은 좋아하는 사람이 있는데..”
“근데 그 여학생이 누구를 좋아하는지 모르잖아. 그
여학생이 좋아하는 사람이 누구인지는 확실하게 아무
도 모르는 거고, 그 여학생이랑 다른 사람이 서로 사
귀는 상태도 아닌 것 같던데 그냥 이대로 포기할 거
야? 그리고 혹시 알아? 나중엔 학생이랑 그 여학생이
연인이 될지.”
그래 저분 말이 맞아. 당장 내가 채아에게 고백하는
것도 아니고 종이에 이름적어 타임캡슐로 묻는 것뿐
인데 이거라도 해봐야 나중에 후회를 안 하겠지.
“저기 저 하고싶어요 해볼게요.”
“그래 잘 생각했어.”
나는 그렇게 종이에 채아 이름을 적어 타임캡슐로 묻
었다.
“학생, 힘내 난 왠지 학생이 잘될 것 같으니까 말이
야.”
“네, 감사합니다.”

나는 그분과의 짧은 대화로 조금이나마 가슴의 한구석이 조금이나마 편안해진 듯한 느낌이 들었다.

그 상태로 숙소에 들어가 씻고 눕자마자 그대로 일찍이 잠에 들었다.

다음날 어제 일찍 잠이든 탓인지 다른 애들보다 일찍 일어났다. 그리고 시간이 조금 흘러 아침 식사를 하고 난 뒤에 친구들과 함께 이것저것 많은 프로그램들과 다양한 곳을 방문했다.

물론 채아와도 다시 만났지만 채아가 마치 전과 다르게 느껴진 건 내 기분탓일까?... 난 어제저녁에 있었던 일로 조금이나마 나아졌다고 생각했었는데, 사실 내 마음은 그게 아니였나...

가슴한구석이 자꾸 쓰라린 건 왜일까. 드디어 나에게는 길게만 느껴졌던 수학여행의 두 번째 날이 점차 줄어들어 저녁이 다가오고 있는 가운데 은제이가 대뜸 나에게 다가왔다.

"내가 너랑은 대화를 거의 안 해본 것 같다?"

"내가 너랑 친한 것도 아니고 너랑 나랑 대화할 일이 뭐가 있어서."

"너 내가 불편하고 의식되는구나?"

"어 네가 불편한 건 사실이야."

"왜? 내가 반채아 좋아해서 그런가?"

"뭐래. 네가 반채아 좋아하는데 내가 왜 불편해."

"난 또. 네가 반채아 좋아하니까 네 눈에 내가

거슬리나 했지.”

....

“반채아를 좋아해서 그런 게 아닌가? 내 착각이였나?”

....

“그럼 너 아무 말 없었으니까 내가 반채아한테 고백해도 상관없다는 뜻으로 알고 난 고백할게? 이래 봬도 내가 반채아를 꽤 오래 짝사랑했거든. ”

“그래 고백해. 네가 반채아 좋아하는 건데 내가 무슨 수로 막아.”

“그래 나중에 내가 채아랑 사귄다고 했을 때 후회나 하지 마라.”

“난 절대 후회 안 하니까 채아한테 차이고 나서 질질 짜지나 마. 차이면 친구로도 못 지낼 테니까.”

“그건 걱정하지 마. 왠지 난 안 차일 것 같거든. 이제 난 예전 어릴때의 은제이가 아니어서 말이야.”

“그래 어디 한번 열심히 해봐.”

제2장 서로의 첫사랑

나는 은제이가 나를 계속 떠본다는 걸 알면서도 은제이가 여태껏 나에게 한 말들이 농담이 아닌 진심으로 하는 말인 걸 알면서도. 그까짓 자존심 때문에 아무 말이나 지껄이기나 하고 내가 생각해도 나 참 한심하다.

그런데..그런데 이 순간에도 채아 얼굴이 자꾸만 떠오르는 건 왜일까... 내가 이렇게나 채아를 많이 좋아했던가? 왜 생각만으로도 쑥스럽고 얼굴이 핑크빛으로 물드는 것 같은 이 기분은 뭘까.....? 이상하다.

어느새 고민하다 보니 벌써 2시간이 지나있었다.

그러다 갑자기 무슨 자신감이었는지 문득 이런 생각이 떠올랐다.

그래. 나보다 은제이가 채아를 더 먼저 좋아했던 건 사실이다. 하지만 그건 은제이의 마음일 뿐이고 아직 채아의 마음은 누구에게 향하고 있는지 아무도 모르는거니까... 그리고 채아를 먼저 좋아한건 은제이일지 몰라도 채아를 더 좋아하는 마음이 큰사람은 나일지도 모르는거니까...

혹시 만약 고백했다가 차이더라도 한 번쯤은 고백을 해봐도 괜찮지 않을까... 하는 그런 생각 말이다.

나는 결심했다. 오늘 꼭 채아에게 내 마음을 고백하기로.

오늘 채아를 따로 만나서 고백하는 거야! 그렇게 결심한 것도 잠시 어느새 시간이 흘러 벌써 수학여행의 마지막 날 밤이 되었다.

마침 다행인 건 오늘이 고2 수학여행의 마지막 날 밤이라 그런지 저녁에는 자유롭게 놀게 해줄 거라서 숙소하고 엄청 멀리떨어져있는 거리만 아니면 자유롭게 다녀와도 괜찮다는 선생님들의 말씀이 있었다.

그런데 마지막 날밤이라서 그런지 축제 공연도 하고 있어서 학생들이 딱히 밖을 돌아다닐 것 같진 않았다.

또한 9시에는 선생님들이 준비한 귀신의 집이라는 것들도 있었으니 학생들이 더더욱 숙소 밖을 돌아다니지는 않겠지.

오히려 사람이 없을 때 고백하는 것이 나에게는 더 이득이었지만 혹시나 채아도 축제 공연을 보러 갈 수도 있으니 급하게 폰을 켰다. 나는 채아에게 숙소 5

분 거리에 있는 뒷 공원에서 만나자고 말하려 채아에게 연락을 했다.

"채아야 혹시 조금 있다 한 10분 뒤에 나랑 같이 공원 가지 않을래? 이 앞에 공원이있던데.."
"그래 좋아! 10분 뒤에 숙소 앞에서 보자!"
휴. 다행이다. 내심 채아가 못 간다고 할까 봐 가슴이 조마조마하고 걱정했었는데 정말 정말 다행이다. 그리고 잠시 후 10분이 지나 채아와 만나게 되었다.

"은유야 이제 가볼까?"
"그래 이제 가보자."
"우와! 은유야 이런 나는 공원에 가는 동안 채아에게 아무 말도 꺼내지 못했다. 누가 어딜 봐도 나의 모습은 무척이나 부자연스럽게 보였다.
왜냐하면 지금 온통 내 머릿속에는 채아에게 고백할 생각뿐이었기 때문이다. 그렇게 아무 말 없이 걷다 보니 어느새 공원에 다다랐다. 그런데 그 공원은 그냥 공원이 아니었다.

예쁜 깜깜한 하늘속 별이 너무나도 잘 보이고, 신비로운 분위기를 자아내는 그런 공원이었다.
마치 금방이라도 은하수가 떨어질 것 같은 기분? 한마디로 그냥 로맨틱한 드라마에서나 나올법한 그런

장소였다.

지금 이런 곳에 우리빼고 다른 사람이 아무도 없다는 건 신기한 일이었다.

물론 다들 축제 공연을 보러 가서 아무도 이곳에 올 리는 없었지만 그래도 고백을 하러 이곳에 온 나에게 는 너무나도 고마운 순간이다.

"은유야 이런 예쁜 공원은 어디서 발견한 거야? 너무 예쁘다!"

"나도 오늘 우연히 돌아다니다가 발견한 곳인데, 아까 내가 낮에 봤던 풍경이랑 지금이랑 좀 달라서 나도 무척 놀랐어. 낮에는 그냥 넓고 푸른공원느낌이였 는데 지금 보니 정말 아름다운 공원인 것 같아."

"은유야 고마워 나한테 공원 가자고 말해줘서."

"아니야! 채아야 네가 나랑 같이 공원에 와준 것만으 로도 나는 너무 고맙지! 사실.. 나는 오늘 축제 공연 도 있고 그래서 당연히 네가 거절할 줄 알았어."

"에이 아니야 그게 무슨 소리야 나도 사실 너한테 할 말이 있어서 너한테 만나자고 말하려던 참이었어. 그 런데 네가 고맙게도 먼저 만나자고 한 거였어."

"아 그랬구나.."

....

-동시에.

"저기!"

"저기!"

"아 은유야 네가 먼저 말해!"

"아 아니야 채아 네가 먼저 말해!"

"후. 사실은 은유야 그러니까.. 갑작스럽겠지만 내가 널 좋아하는 것 같아. 아니 내가 널 좋아해!"

"뭐...뭐라고..?"

내가 한껏 흔들리는 목소리로 물어보았다.

"채아야 다.. 다시 한번만 더 말해줄래?"

금방이라도 울 것 같은 목소리로 되물었다.

"내가 서은유 널 좋아한다고! 이 바보야!"

다시 한번 더 채아의 말을 듣는 순간 금방이라도 울 것 같던 나는 정말로 내 눈에서 서서히 한 방울씩 눈물이 떨어지고 있음을 느꼈다.

"뭐야 네가 왜 울어? 눈물 날 만큼 내 고백이 그렇게 별로였어?"

"아니.. 그게 아니라 내가 널 너무나도 좋아하는데 네가 고백해 주니까 행복해서.."

....

채아는 잠시 아무 말이 없었다. 물론 나 같이 고백 받고 우는 남자한테는 뭔 말을 하겠어.

"서은유 이 바보야! 난 또 네가 울길래 내 고백이 그 정도로 싫었나 싶어서 놀랐잖아!"

"미안.. 나도 모르게.. 눈물이."

나는 그만 눈물을 그치고 싶었지만 한번 터져버린 눈물샘은 마치 고장 난 수도꼭지 마냥 멈출 생각이 없어 보였다.

"야 서은유 일단 눈물부터 그치자 너 때문에 괜히 나도 울 것 같단 말이야."

-10분의 시간이 흐른 뒤

"이제 진정이 좀 된 것 같아?"

"응 덕분에.."

"그래서 내 고백에 대한 대답은 언제 해줄 건데?"

"나는 당연히..."

"당연히..?"

"너무 좋아."

"후! 그럼 우리 이제 사귀는 거야?"

"그렇지..?"

"그런데 넌 나 언제부터 좋아했어? 아까부터 궁금해서 진작에 물어보고 싶었는데 네가 우는 바람에 못 물어 봤어."

"사실 고등학교 첫 입학하던날 학교 가는 버스안에서.."

"잠깐 그럼 고1 때부터 나를 지금까지 좋아했던 거야?"

"응..작년 버스 안에서 널 보는 순간 너에게 첫눈에 반했어."

"그렇구나.."

"아 너는 처음 아는 사실이라 지금까지 널 혼자 좋아해 온 내가 이상하게 느껴질 수도 있는데.. 그.."

....

하아... 내가 너무 긴장하며 말했기 때문에 말을 어수선하게 하고 괜히 너무 횡설수설하게 말했기 때문에 채아 앞에서 너무 부끄러웠다.

그러다 고요한 분위기와 어색함을 푸는 웃음소리가 들렸다.

"푸하핫!"

"어.. 채아야? 갑자기 왜 웃어?"

"아 미안 말해주면서도 좀 부끄럽긴 한데 네가 생각보다 너무 귀여워서."

"그게 무슨.."

"아니 누군가 날 좋아해 주는데 뭘 이상하게 느껴! 오히려 고마워 날 좋아해 줘서."

"나도 고마워 네가 날 좋아해 줘서. 근데 이쯤 되면 나도 좀 궁금한데.."

"뭐가?"

"네가 날 왜 좋아하는지 언제부터 좋아했는지. 그거."

"사실 너랑 첫 짝꿍 된 날 그날 너한테 호감이 조금

있었어. 그러다가 너랑 우연히 자료조사도 같이하고 너랑 놀러 다니면서 나도 모르는 사이 네가 좋아졌나 봐."

…………

"그리고 사실 내가 널 좋아하는 이유는 네가 다정한 사람이라서. 예의 바른 사람이라서. 그래서 네가 좋아."

"내가 다정하다고?"

"응. 물론 나한테 다정해서 너에게 반한 것도 있지만, 가만히 들여다보면 주변 친구들한테도 다정다감하고 주변 어른들이나 선생님들께 하는 행동들 보면 넌 예의가 몸에 배어있는 사람 같아서 그래서 네가 좋아."

"신기하다."

"뭐가? 뭐가 신기한데?"

"내가 널 좋아하는 이유에도 네가 예의가 몸에 배어있는 사람 같아서 더 좋아하게 된 것도 있었거든 주변에 어른들께 잘하는것도 있었지만, 특히 2학년 첫날 조회 시간 끝나고 그때."

"그때?"

"그날 너 지각했던 거 기억나?"

"어 맞아 조금 늦었었어."

"엄청 많이는 아니고 비록 2~3분 정도 늦은 거긴 했었지만 보통 내가 아는 주변 아이들은 늦었을 때 들어오는 순간에만 선생님께 사과드리는 모습이 대부분이였거든? 그런데 너는 1교시가 끝난 후 쉬는 시간에 바로 교무실에 가서 담임 선생님께 늦어서 죄송하다고 다시한번 사과드리더라."

"아 내가 그랬었나..? 근데 넌 내가 교무실에 들어간 건 쉬는 시간이라서 봤다고 치자. 근데 내가 사과드리는 건 어떻게 봤어?"

"나도 마침 담임 선생님께 물어볼 게 있어서 갔었거든."

"그럼 넌 나를 작년부터 좋아했다고 했잖아.."

"그렇지?"

"그럼 그때 내 첫인상은 어땠어?"

"내 기억으로는 작은 얼굴에 동글한 얼굴형을 가졌고 머리를 높게 묶고 자연스레 웃고 있었어."

"넌 어떻게 작년에 나를 이렇게 자세히 기억해?"

"난 널 생각보다 많이 좋아하거든."

"그런데 너는 이렇게나 나를 많이 좋아했으면서 왜 나한테 고백 안 했어?"

"아 1학년 때는 너랑 반 층도 달라서 마주칠 기회도 없었을뿐더러 너랑 아는 사이도 아니고 친한 사이도 아니어서 고백을 못 했었고, 올해는 너랑 어쩌다 보니 우연히 친해져서 너무 좋았는데 그와중에 은제이가 전학을 왔어.

너는 이미 어릴 때부터 은제이와 아는 사이였고, 아까 어쩌다 보니 은제이랑 대화를 하게되었는데 은제이가 널 좋아한다더라고 근데 어제 네가 좋아하는 사람이 있다고 했었잖아.

그래서 나는 당연히 네가 은제이를 좋아한다고 생각했어. 그리고 네가 은제이와 백화점간걸 보고 데이트한다고 오해했어."

"데이트? 은제이랑 백화점에 같이 갔던 건 맞는데 넌 어떻게 알았어?"

"나 그날 친구랑 약속이 있어서 갔다가 우연히 너희를 보게 되었어."

"아 그날 네 생일선물 사려고 갔던 건데 10대 남자선물을 뭘 사야 할지 모르겠어서 우연히 은제이한테 물어보다가 같이 골라준다고 해서 갔던 건데.. 네가 오해 하고 있을 줄이야.."

"아 그런 거였구나. 난 그런 줄도 모르고.."

"그래서 나한테 고백도 안 해보려고 했어?"

"사실 처음에는 포기해야 하나 싶었는데 그러기에는 이미 내가 너를 너무 좋아해서 포기할 수 없었어.. 그래서 오늘 너랑 공원에서 만나자고 톡했을때부터 너에게 고백할 마음으로 연락했던 거야. 그런데 갑작스럽게 네가 먼저 나에게 고백을 해줘서 내가 고백을 못 했지."

"그래? 그러면 지금 다시 고백해 주면 되겠다."

"뭐..? 그렇지만 이미 네가 먼저.."

"고백을 꼭 한 사람만 하라는 법은 없잖아? 그러니까 네가 해줘 고백."

"반채아. 나 너 진심으로 많이 좋아해 내 여자친구가 되어줄래?"

"나야 당연히.."

"당연히..?"

"너무너무 좋아."

"고마워. 내 첫 여자친구가 되어줘서."

"처음? 너 내가 첫 여자친구야?"

"응. 첫 여자친구에다가 첫사랑이지."

"우와 내가 서은유의 첫 여자친구에 첫사랑이라니 너무나 큰 영광인데?"

"그러는 너는 연애 많이 해봤나 봐?"

"나? 네가 첫 남자친구인데?"

"뭐?"

"게다가 첫사랑."

"너는 그럼 여태까지 좋아하는 사람 없었던 거야?"

"나도 물론 좋아하는 아이돌은 있지 하지만 그건 팬심이고. 실제 첫사랑이거나 사귀는 사람은 없었지 그동안 좋아하는 사람이 없었으니까."

"그럼 우리는 둘 다 서로의 첫사랑에 첫 연인인 거네?"

"뭐 그런 셈이지."

"그러면 은유야 우리 서로 첫사랑에 첫 연인이니까

여기서 사진 찍고 가자."

"그래 찍고 가자."

"나 이 사진 영원히 간직할 거야. 그리고 이 순간을 영원히 기억할거야."

"나도.."

"아 그리고 이건 네 생일선물!"

"이거 나 주려고 아까부터 계속 들고 있었던 거야?"

"응. 얼른 열어봐 궁금하지 않아?"

"어? 이건 시계잖아."

"응 너랑 잘 어울릴 것 같아서. 그리고 학교 다닐 때 보니까 시계 차고 다니는 것 같길래."

"고마워 채아야 근데.. 나 또 눈물 날 것 같아."

"뭐야 너 은근히 눈물 많은 남자구나?"

"아니야 네 앞에서만 그런 거야."

"그래? 그럼 내가 항상 웃게 만들어 줘야겠네."

"그 말은 내가 먼저 하고 싶었는데.."

"그럼 오늘은 내가 먼저 말했으니까 다음에는 네가 먼저 말해줘. 그럼 됐지?"

"응 그래 그렇게 할게."

"아 맞다! 9시에는 귀신의 집도 한다던데 은유야 우리도 얼른 가보자."

"그래 가보자 재밌겠다."

"아 저기 은유야 내 첫사랑이 되어줘서 고마워."

" 채아야 나도 네가 내 첫사랑이 되어줘서 고마워."

"그럼 이제 귀신의 집으로 가볼까?"

"응!"

"우와 귀신의 집 생각보다 리얼한데?"

"그러게 선생님들이 열심히 준비하셨나 봐."

"그래서 그런지 학생들이 많아서 좀 기다려야겠다."

"그러게."

"어!? 저기 담력 훈련도 하나 봐!"

"응 랜덤으로 팀 이뤄서 하나 봐."

"우리 저것도 해보자!"

"그래 네가 하고 싶은 거 오늘 다 해보자."

대화하다 보니 어느새 벌써 우리가 귀신의 집에 들어
갈 차례가 되었다.

"우와 기대된다! 그렇지 은유야?"

"응 그러게 기대된다."

우리는 그렇게 귀신의 집에 들어갔다.

"채아야 그거 알아? 여기는 귀신들이 다 마네킹이나
움직이는 인형들이 놀라게 한다는 걸?"

"아 진짜? 나는 선생님들이 분장해서 귀신 연기 하시
는 줄 알았는데."

"나도 그런 줄 알았는데 아까 우연히 선생님들이 말
씀하시는 거 들었어."

"후 긴장된다."

"그러게 나도 좀 긴장되는데? 근데 아직까지는 초반

이라서 그런가? 귀신이 나타나지는 않네."

-우워어어억

"으악!"

"채아야 괜찮아?"

"어, 어 괜찮아 방심하고 있다가 갑자기 나오니까 놀라서 그래."

"채아야 너 혹시 귀신 무서워해?"

"내가 무서운 귀신 괴담 같은 걸 보는걸 좋아는 하는데 막상 시작하면 잘 못 보는 스타일이라서 이거도좀.."

"무서우면 안 와도 되는데 왜 그랬어.."

"너랑 같이 가는 거니까 든든하기도 하고 안심되는것 같기도 해서 한번 가보자고 한 거야."

"아 그랬구나.. 그럼 우리 최대한 빨리 나가자."

"응.."

그렇게 나는 채아를 위해 최대한 빨리 귀신의 집에서 나왔다.

"채아야 너 담력 훈련은 할 수 있겠어?"

"에이 담력훈련은 뭐 별거 없겠지 그리고 나 혼자 가는 것도 아니고 여러명이서 같이 가는 거니까 괜찮을거야."

"그래도.."

"진짜 괜찮을 거야! 너무 걱정하지 마."

그렇게 담력 훈련까지 순탄하게 흘러갈 거라고 생각

했는데... 이게 왠..

"하이 서은유 나랑 너랑 같은 팀이네?"

하 하필 은제이와 팀이 되다니. 그것도 단둘이.

"서은유 표정이 왜 그래?"

"내 표정이 뭐. 일단 가."

"아~ 내가 채아한테 고백해서 그래?"

....

"아니면 내가 채아 남자친구가 될까 봐?"

"뭐래. 네가 왜 채아 남자친구야."

"내가 채아 남친이 될 수도 있지 뭐. 사람 일은 아무도 모르는 거잖아?"

"아니 내가 이미 채아 남친인데 네가 어떻게 채아 남자친구가 될거냐ㄱ.."

아 맞다. 다른 사람들은 내가 채아와 사귀는 거 아직 아무도 모르는데 이렇게 채아와 상의도 없이 먼저 막 말해도 되는 건가?

"왜 말을 하다말아. 너희들 사귀는 건 이미 알아."

"뭐?"

"왜 뭐 이상해?"

"아니 내가 채아와 사귀는건 언제 예상한 건데?"

"아까 내가 채아한테 고백했을 때 채아는 이미 좋아하는 사람 있다고 했거든. 뭐 채아한테 고백했다가 차인 셈이지."

"근데 넌 채아가 날 좋아한다고 뭐로 확신한 건데?"

"너희들 진짜 바보냐? 누가 어딜 봐도 서로 좋아하구나.. 라는게 딱 느껴지는데 내가 그걸 모르겠냐."
....
"그리고 채아가 말했나? 나랑 단둘이 백화점 간 거."
"응 이미 말했어."
"빨리도 말하네."
"뭐. 불만 있냐."
"아무튼 그때 느꼈어 채아가 네 선물을 고르는데 단지 널 그냥 친구가 아닌 친구 이상으로 아주 많이 좋아하고 있다는걸."
"잠깐."
"왜."
"그럼 넌 내가 채아랑 사귄다는 걸 알면서도 아까 네가 채아 남친이 될 수도 있다느니 이런 말을 왜 했던건데?"
"그야 재밌잖아?"
"뭐?"
"아까 낮에도 너 놀릴 때 재밌었거든."
"뭐래."
"그리고 어차피 난 이미 채아 남자친구가 될 가능성이 없었는데 억울해서라도 너한테 이런 장난이나 쳐야지."
"너 아직 그럼 채아 못 잊은거 아니야?"
"물론 어릴 때부터 채아를 혼자 짝사랑한거니까.. 언

젠가 다시 채아를 만나면 좋아했다고, 좋아한다고 고백하고 싶었는데.. 뭐 지금은 나에게 기회가 없는걸.. 내가 너무 늦은 탓이지 그러니까 미련도 남기지 말아야지."

....

"그러니까 채아한테 잘해줘라. 채아 울리면 내가 다시 채아를 넘볼지도 몰라."

"뭐래 절대 그럴 일 없거든?"

"그래 절대 그럴 일없을 것 같으니까 잘해줘라 꼭."

"걱정마 그 누구보다 잘해줄 거니까."

"앞으로는 말 좀 하고 편하게 지내자 서은유."

"그러던지."

서은유 너 진짜 못났다 괜히 은제이 질투나 하고. 그나저나 은제이는 생각보다 괜찮은 놈인 것 같네.

"근데 서은유 너랑 말하다 보니 잠깐 잊었는데 우리 지금 담력 훈련 중 아니냐?"

"그렇지."

"너랑 말하면서 꽤 많이 걸어온 것 같은데 왜 주변에는 아무것도 없냐?"

"길을 잘 못 왔나."

그 순간 나는 어딘가로 떨어질 뻔했다.

"야 괜찮냐?"

"어, 어."

다행히 은제이가 잡아준 덕분에 떨어지진 않았지만

발목을 접질린 것 같다. 그런데 그때 빗방울이 조금씩 떨어지기 시작했다.

"야 빗방울이 점점 더 거세지는 것 같은데 얼른 길을 찾아보자."

"그래 비 와서 그런가? 땅이 푹푹 꺼지는 느낌이야."

다행히 길을 잃을 학생들을 위해 주변 길에 큰 깃발 같은 걸 설치해 놓아서 금방 돌아갈 수 있었다.

그런데 갑작스러운 비로 인하여 담력 훈련 등 밖에서 하는 체험들은 다 취소되었다. 대신 폰을 늦게까지 할 수 있게 되어서 다들 폰하느라 정신이 팔려있었다. 그때 채아에게 연락이 왔다.

-은유야 숙소 방에 잘 도착했어?

"응 나는 잘 도착했어."

-아까 갑자기 비가 쏟아져서 만나지도 못했네..

"그러게 내일 만나야겠다."

-그럼 내일 보자.

"아 채아야 아니면 숙소 복도에서 잠깐 볼래?"

-선생님들 계시지 않아?

"선생님들 잠깐 방에 들어가셔서 없어. 그리고 걸리면 다쳐서 의무실 가려고 나왔다고 하면 돼."

-너 생각보다 선량한 학생이 아닌 것 같은데?

"그래서 나 안 만날 거야?"

-아니 만나야지.

"뭐야 나 안 만나주는 줄 알았네."
-그럼 5분 뒤에 복도에서 봐.

그렇게 5분 뒤 우리는 숙소 복도에서 만났다.

"채아야 왔어?"
"응."
"나 갑자기 느낀 건데 뭔가 전하고는 네가 많이 다르게 느껴지는 것 같아."
"당연하지 전에는 친구 사이였지만 지금은 내가 네 남자..친ㄱ..니까."
"뭐야 왜 말을 제대로 못 해? 부끄럽나 보지?"
"그러는 넌 너무 아무렇지 않은 거 아니야?"
"내가 아무렇지 않아 보이는 것 같아?"
채아말이 맞았다. 다시 내려다본 채아의 얼굴은 아까와는 전혀 다른 핑크빛으로 얼굴이 물들어 있었다.
"채아야 네 얼굴 지금 엄청 핑크 핑크해."
"너도 거든."
"어?"
"너도 지금 얼굴 엄청 빨개."
"채아야 나 네 손잡아도 돼?"
"응 내 손 잡아도 돼."
나는 채아의 손을 잡는 순간 심장이 터질 것 같았고, 채아도 나와 같은 것 같았다.

지금 나는 채아와 함께 있는 이 순간이 너무너무 행복해서 세상이 이대로 잠시 멈췄으면 하는 그런 마음이었다. 그리고 다음 날 꿈만 같던 고2의 수학여행은 끝이나고, 집 가는 길. 이번에도 나는 채아와 같이 앉았다.

"은유야 며칠 전에 같이 버스에 앉았을 때랑 느낌이 너무 다르다."

"어떻게 다른데?"

"음 좀 더 설레는 쪽으로."

그렇게 채아와 대화를 하다보니 어느덧 학교 앞에 도착했다. 담임 선생님의 간단한 말씀을 듣고 각자 집으로 돌아갈 시간.

"채아야 내가 데려다줄까?"

"아니야, 너도 피곤할 텐데. 괜찮아! 우리 월요일에 보자."

"그래? 그럼 잘 가 연락할게!"

나는 무거운 몸을 이끌고 집에 도착했다. 나는 너무 피곤해서 그런지 짐 정리도 안 하고 방 침대에 벌러덩 누워 그 상태로 잠들었다. 푹 자고 일어나니 토요일 아침이었다. 어제 저녁밥도 안 먹고 잠들어서 그런지 배가 고파서 아침밥을 먹으려는데 채아에게서 톡이왔다.

"은유야 일어났어? 어제 연락하고 싶었는데 내가 일찍 잠드는 바람에 톡 못했어."

"어 나도 어제 일찍 잠들어서 일찍 일어났어."

"아 진짜?"

"응."

그렇게 주말 동안 채아와의 연락으로 즐거운 날들을 보낸 것도 잠시 월요일이 찾아왔다.

"은유야 좋은 아침!"

"좋은 아침!"

"아 수학여행을 즐겁게 보내고 왔더니 조금 있으면 시험이네."

"그러게, 시험공부 엄청 열심히 해야겠다."

그렇게 채아와 대화를 나누고 있는데 친구들이 다가왔다.

"야 너네 드디어 사귀냐?"

".... 뭐?"

그때 채아가 대답했다.

"응 우리 사귀기로 했어."

"오 축하한다."

"응."

친구들이 축하 해주고 간 뒤에 수련회 때 채아에게 못 해주었던 말을 해주려고 했다.

"저기 채아야"

-수업 종치는 소리

"응? 은유야 왜?"

"수업 끝나고 말해줄게."

그 우리 사귀기로 했던 날 은제이랑 나랑 둘이 담력 훈련 팀이었잖아. 그런데 그날 내가 나도 모르게 은제이한테 우리 사귀는 거 말했어."

"응 그래? 잘했네."

"내가 너랑 상의도 안 하고 먼저 말해버렸는데 괜찮아?"

"응 나도 방금 너랑 상의 안 하고 애들한테 먼저 말해버렸잖아."

"그럼 괜찮은 거야?"

"응 괜찮다니까."

"다행이다."

"넌 저번부터 사소한 거에도 왜 이렇게 긴장하고 내 눈치 보는 느낌이지?"

"그야 네가 싫어하는 행동하기 싫으니까."

"너 은근히 로맨티스트 같아."

"왜 네가 싫어하는 스타일이야?"

"아니 내가 딱 좋아하는 스타일이야."

"그럼 다행이고."

"아 은유야 우리 이번 시험 다 보고 나서 우리 둘 중에 전체적으로 점수가 더 높은 사람 소원들어주기하는건 어때?"

"소원 들어주기?"

"응! 소원을 걸고 시험을 보면 시험을 더 잘 볼 수도 있잖아. 어때?"

"재밌겠는데?"

"그렇지?"

"그래 해보자 소원걸고 시험보는거."

"좋았어! 나 이번 시험 은유 너보다 훨씬 잘 볼 거야!"

"나도 엄청 열심히 할 거거든 채아 너 각오해."

"은유 너나 봐달라고 하지 마."

"푸흡."

"뭐야 왜 또 웃어."

"우리 둘 다 엄청 진지한 것 같아서."

"그럼! 진지해야지."

"그런데 소원권 몇 개 걸고 하는 거야?"

"3개 정도?"

"3개? 괜찮네."

그렇게 나와 채아는 소원권을 얻기 위해 시험 기간 전까지 각자 최선을 다해 열심히 공부했다. 시간이 지나 벌써 시험을 보기 전 주 '주말' 요즘 각자 시험 공부 하느라 연락이 뜸해진 것 같기도 하고 괜히 걱정이 되어 내가 먼저 연락을 했다.

"채아야 시험공부는 잘하고 있어?"

"당연하지 내가 꼭 소원권 얻어낼 거야."

"네가 그렇게 말하니까 괜히 내가 긴장되는데?"

"그래 긴장해야 할 거야. 나 이번에 진짜 열심히 했거든."

"무슨 소원을 말하려고 이렇게 열심히 공부하나 궁금한데?"

"그건 내가 소원권 얻으면 바로 말해줄 거니까 기다려."

"에이 미안해서 어쩌나 내가 이길 텐데."

"아니라니까."

"그래 아무튼 시험공부 열심히 해."

"응 너도 열심히 해."

드디어 주말이 지나 시험 기간. 과연 누가 소원권을 얻게 될까.

-시험이 다 끝난 뒤

"아 드디어 모든 시험이 끝났네."

"그러게, 은유야 이번 시험 너무 힘들었어."

"일단 힘든 것도 힘든 건데 시험 결과가 제일 궁금하지 않아?"

"응 맞아 결과가 제일 궁금해!"

"채아야 우리 집에 가서 결과 확인해 볼래?"

"너희 집에서?"

"응 오늘은 집에 아무도 없어서 나 혼자거든."

"그래 난 좋아. 빨리 가서 확인해 보자."

그렇게 나는 채아와함께 우리 집에 왔다.
"은유야 오늘이 내가 너희 집에 온 두 번째 날이야."
"응? 그러네."
"너무 신기하다 그때랑 지금 느낌이 너무 달라."
"그야 그때는 우리가 사귀기 전이였잖아 그래서 지금
하고 느낌이 많이 다른 게 아닐까?"
"응 그런 것 같아."
"그럼 이제 점수 결과 볼까?"
"응 빨리 보자!"
"하나 둘 셋하면 점수 공개하는 거야."
"그래."
"하나 둘 셋!"
"헐 내가 졌어..."
"어? 내가 이겼네?"
"뭐야 서은유 너 공부 잘하는 건 대충 알고 있었지만
이렇게 잘 할줄이야.."
"뭐 이 정도쯤이야."

"그럼 소원권은 내가 얻는 거지?"
"어, 그렇긴한데.."
"그렇긴한데?"
"이쉽다 이번에 나도 열심히했는데.."

"아니야 이번에도 잘했어. 다음에는 더 잘할 거야."
이번에 열심히 한 의미로 소원권 딱 하나만 주는 건 어때?"
"안돼."
"단호하네.. 그래, 넌 무슨 소원 빌 건데?"
"비밀."
"비밀이라니 더 궁금한데? 근데 은유야 네 방은 어디야?"
"내 방?"
"응 네 방은 어떨지 궁금해서."
"그러고 보니 우리 집에 와서 내 방은 한 번도 본 적이 없지 참."
"응 그래서 궁금해."
"자 여기가 내 방이야."
"우와 엄청 깔끔하다."
"별로 볼 건 없는데.."
"아, 참 은유야 나 너한테 궁금한 거 있는데."
"뭐 어떤 거?"
"너는 외동이야?"
"응 나는 외동이야. 채아 너는?"
"나도 외동이야."
"그러고 보니 나는 너에 대해서 아는 게 없네."
"나도 그래."
"채아야 우리 천천히 서로에 대해 알아가자."

"그래 우리 천천히 조금씩 알아가자."

"채아야 우리 시험도 끝났는데 이번 주말에 놀러 갈까?"

"놀러?"

"응 어디 가고 싶은 곳 있어?"

"나는 로망이 있긴한데.."

"로망? 어떤 건데 말해봐."

"남자친구랑 같이 바닷가 가서 사진 찍는 거."

"그럼 바닷가 가자."

그렇게 주말에 우리는 바다에 도착했다.

"우와 바닷가다!"

"채아야 좋아?"

"응 너무 좋아 내 로망이 남자친구랑 바다에 오는거라고 말했었잖아."

"그래 네 로망 이루어서 나도 좋아."

"주말인데도 사람이 많이 없어서 좋다."

"그러게 꼭 우리 둘만 있는 느낌이야."

"은유야 우리 좀 걷다가 저기 네 컷 사진 찍으러 가자."

"여기도 넷컷사진 찍는 곳이 있어?"

"요즘에 사람들 넷컷사진 많이 찍잖아 그래서 그런지 요즘에 이곳저곳 많이 생겼더라고."

"그래 이따가 가보자."

-30분 뒤

"채아야 어때 사진 마음에 들어?"

"응 너무 마음에 들어."

"다행이다."

"은유야 나 이제부터 너랑 이렇게 데이트할 때마다 사진 찍어서 모아둬야겠어."

"그래 같이 모아두자 나중에 시간 지날 때마다 보면 다 추억이겠다."

"은유야 우리 이대로 그냥 집 가긴 아쉬운데 손잡고 바닷물에 발 담그러 들어가자."

"안 춥겠어?"

"응 난 괜찮은데 너는?"

"나도 괜찮아 들어가자."

"너랑 손잡고 바닷물에 들어와 있으니까 내가 꼭 드라마 속 주인공이 되어있는 기분이야."

"채아야 근데 너 그거 알아?"

"뭘?"

"넌 나에게 만큼은 이미 오래전부터 주인공이었다는 거."

"뭐야~ 오글거려 근데 그런 말 들으니까 괜히 감동이다."

"채아야 있잖아. 나는 너에게 만큼은 많은 감동을 주

는 사람이 되고 싶어."

"뭐야.. 갑자기 설레게.."

"그리고 나는 세상에서 너를 가장 많이 웃게 해주는 그런 사람이 되고 싶어."

"은유야 그럼 나는 그런 사람이 되고 싶어 네가 언제 든지 편하게 기댈 수 있는 1순위인사람.. 그런사람."

"채아야 내가 널 많이 좋아하는걸 넘어서서 많이 사 랑하고 있다는 걸 알아주라."

"은유야 나도 널 많이 좋아하고 사랑해."

채아 넌 절대 몰라 네가 생각하는 것 이상으로 내가 널 얼마나 더 사랑하는지.

말로는 다 표현하지 못할 만큼 정말 널 사랑해. 널 정말 많이 사랑하고 있어.

"은유야 있잖아 우리도 하나씩 버킷리스트 채워서 하 나씩 차근차근 이뤄내 보자!"

"그래 좋아. 조금씩 생각해 보자."

채아와 데이트를 마치고 집에 돌아온 그날 밤 나는 알 수 없는 미묘한 감정이 뒤죽박죽 섞인 기분이었 다. 주체할 수 없는 행복함과 기쁜 감정과 왜인지 모 르겠는 불안함이 공존하는 것 같았다.

하지만 나는 지금의 행복을 놓치고 싶지 않았기에 모 든 부정적인 기분들을 최대한 잊었다.

"채아야 버킷리스트 생각해 보고 있어?"

나는 불안함 따위 느끼지 않았다는 듯이 평소처럼 자연스럽게 채아를 대했다.

"응 나는 은근히 너랑 하고 싶은 게 많더라고."

"진짜? 그럼 네가 이루고 싶은 거 다 하자."

"그래 근데 내가 이루고 싶은 거 말고도 네가 이루고 싶은 것도 다 할 거니까 너도 많이 생각해야 하는 거 알지?"

"응 나도 많이 생각해 볼게."

며칠 뒤 우리는 정말 빠르게 버킷리스트를 적어냈다.

"은유야 우리가 뭘 적어놨는지 한 번만 다시 읽어보자."

"그래 뭘 썼었는지 너무 많아서 기억이 잘 나지 않아.

<버킷리스트>

1. 교복 입고 놀이공원 가기.

2. 서로 편지 써주기.

3. 첫눈 함께 맞기.

4. 둘만의 포토 북 만들어서 모으기.

5. 축구 보러 가기.

6. 야구 보러 가기.

7. 지역축제 가기.

8. 같은 장소에서 사계절 사진 찍기.

9. 같이 요리하기.

10. 불꽃놀이 보러 가기.

11. 서로 노래 불러주기.

12. 커플 아이템 맞추기.

13. 각자 닮은 인형 사기.

14. 크리스마스 함께 보내기.

15. 커플 배경 화면 하기.

16. 영화 보러 가기.

17. 집 데이트하기.

18. 커플링 맞추기.

19. 1월1일 같이 보내기.

20. 1월1일 일출 보러 가기.

21. 같이 눈사람 만들기.

22. 커플룩 입어보기.

23. 공포영화 보기.

24. 저녁에 동네 놀이터에서 수다 떨기.

25. 저녁 산책 같이하기.

26. 서로의 고민 들어주기.

27. 같이 운동하기.

28. 맛집 탐방하기.

29. 시험 기간에 도서관에서 같이 공부하기.

30. 서로 좋아하는 음식 추천해 주기.

31. 여름에 워터파크가기.

32. 같이 학교등교하기.

33. 함께 독서하기.

34. 함께 음악감상 하기.

35. 같이 드라마보기.

...........등등

"우와 채아야 다시 읽어보니까 생각보다 많다."

"그러게 그래도 우리 열심히 같이 다 해보자."

"응!"

"근데 은유야 나 갑자기 궁금해져서 그런데 너는 연락처에 나 뭐라고 저장해 놓았어?"

"나?"

"응."

"채아."

"으음 심플하네."

"너는 뭐라고 저장했는데?"

"나? 나는 너 닮은 이모티콘으로 저장해 놓았어."

"혹시 내가 '채아'라고만 저장해서 싫어?"

"아니! 하나도 안 싫어 그냥 궁금해서 물어본 거뿐이야."

"채아야 잠깐만.."

"응?"

"짜잔! 이것 봐."

"이름 바꿨네..?"

"응 그냥 바꿔봤어 어때 괜찮아?"

"응 나는 다 마음에 들어."

"마음에 든다니 다행이네."

우리는 점점 하나씩 할 수 있는 것부터 리스트에 적힌 것들을 해내었다. 그리고 우리가 가장 먼저 성공한 것은 바로 '같이 요리하기'였다.

"은유야 우리 집에 놀러 올래? 버킷리스트도 해볼겸."

"채아 너희 집에?"

"응, 나는 너희 집 가봤는데 너는 아직 우리 집 안 가봤잖아."

"그래 갈게."

"그럼 이번주 토요일에 와 그때 우리 집에서 같이 요리하고 영화보자."

"알겠어."

어느새 약속한 토요일이 왔다.

"채아야 나 왔어."

"어서 와 우리 집은 처음이지?"

"응, 그런데 부모님은?"

"아 약속 있으셔서 두 분다 나가셨어 아마 늦게 오실거야."

"편하게 있어 은유야 부모님께는 너 온다고 말씀드렸으니까."

"응 고마워."

"근데 은유야 뭔 재료를 이렇게 많이 사 왔어?"

"음 너한테 맛있는 요리해 주려고."

"은유야 우리 요리는 조금 이따가 할까?"

"그래 그러자 근데 그동안 뭐 하지."

"내 방 구경해 너도 네 방 보여줬었잖아."

"그래 그럼 네 방 구경할게."

"자 여기가 내방이야 구경할 게 별건 없지만."

"우와 신기하다."

"뭐가 신기한데?"

"그냥 내 방 분위기랑 많이 달라서."

"그래? 난 비슷한 거 같은데."

"아니야 뭔가 채아 네 방이 더 깔끔하고 좋은 것 같아."

"아닌데 난 네 방이 더 좋던데."

"어? 근데 채아야 이 사진은 설마.."

"응 맞아 우리 수학여행 갔을 때 사귀기 시작했던 날."

"우와.. 사진으로 붙여놓은 거야?"

"응.. 잊지 못할 추억이니까."

"나 감동했어..채아야."

"아 분위기가 갑자기 너무 울 것 같다. 우리 다른 얘기 할까?"

"아 맞다. 나 공포영화 찾은 거 있는데 어떤 거 볼지 정하자."

"나는 두 번째가 재밌을 거 같아."

"그래 그럼 우리 두 번째 거 보자."

"근데 채아야 괜찮겠어? 너 공포영화 잘 못 보잖아."

"응 괜찮아 혼자 보는 게 아니고 너랑 보는 거니까."

"그래 보다가 중간에 무서우면 나한테 말해."

"응, 근데 너랑 같이 있어서 그런지 든든하다."

우리가 보는 공포영화 내용은 무서우면서도 슬퍼서 눈물이 나오는 그런 내용이었다. 그래서 그런지 채아는 영화를 보면서 깜짝깜짝놀라 무서워하면서도 눈물을 한 방울씩 흘렸다. 그런 채아를 보면서 나는 지금 내가 영화를 보는건지 채아를 보는건지도 모를 정도로 계속 채아를 쳐다보았다. 다행히도 채아는 영화에 집중을 한 탓인지 내가 자기를 보는 걸 모르는듯 했다.

나는 그렇게 한동안 영화는 제대로 보지도 않고 채아만을 계속 쳐다보았다. 아 생각할수록 큰일이다. 보면 볼수록 채아가 너무 귀엽고 좋다. 아마도 나 채아를 아주 많이 좋아하는것 같다. 아니 사랑하는 것 같다.

보다 보니 어느새 길고 긴 영화는 끝이났고, 채아와 영화에 대해 대화하다 보니 어느새 5시가 되었다.

"은유야 우리 이제 요리를 좀 시작해 볼까?"

"그래 요리하다 보면 시간이 좀 걸릴지도 모르니까

일찍 시작하자."

나는 어제 채아에게 만들어 주기 위해 밤새 외운 요리 레시피를 다시 한번 머릿속으로 생각했다.

"은유야 우리 무슨 요리할 거야?"

"네가 좋아하는 파스타."

"우와 맛있겠다."

그렇게 나는 채아와 요리를 시작했다. 채아와 같이 요리를 하다보니 파스타는 순조롭게 빨리 만들어졌다.

"드디어 파스타 완성."

"우와 은유야 진짜 파스타집에서 먹는 것 같아 너무 맛있는데?"

"진짜? 다행이다."

"은유야 너 요리 진짜 잘한다."

"무슨 소리야 너랑 같이해서 더 맛있는 거지."

"아니야 나는 옆에서 재료만 다듬고 거의 네가 다 했잖아."

"그래? 그럼 나 요리 잘하나 보다."

우리는 수다를 떨며 맛있게 파스타를 먹었고, 다 먹고 난 후에 치우고 나니 시간은 7시쯤이 되었다.

"아직 7시밖에 안 됐네? 우리 이제 뭐 하지."

"그러게."

"은유야 그럼 우리 노래 부를래?"

"노래?"

"응! 우리 버킷리스트에 서로 노래 불러주기 있었잖아. 그리고 우리 집에 마이크도 있는데."
"근데 너무 시끄럽지는 않을까?"
"우리 집 단독주택이잖아!"
"아 맞다 그렇지."
우리는 그렇게 1시간 동안 노래를 불렀다. 그리고 나는 또 한 번 채아에게 반했다. 채아는 내 예상과는 다른 설레는 목소리로 노래를 부르고 있었다.

-1시간 뒤

"1시간 동안 노래를 불러서 그런지 목이 조금 아프다."
"은유야 너 노래 진짜 잘한다! 마치 아이돌 같았어."
"에이 채아 네가 훨씬 더 잘하던데."
"은유야 너는 못 하는 게 뭐야 공부도 잘하고, 노래도 잘하고, 요리도 잘해."
"못 하는 게 없는게 내 매력이지."
"그래 그게 네 매력이지."
"아 농담이었는데 네가 인정해 주면 내가 팬히 민망하잖아.."
"뭐 틀린 말도 아니잖아. 나는 네 그 매력이 좋아."
"그럼 나도 네 매력이 좋아."
"내 무슨 매력?"

"너만 모르는 네 매력?"

"다시 보니 은유 너는 웃긴 것도 매력인 것 같아."

"내가 말했잖아 세상에서 너를 가장 많이 웃게 해주는 사람이 되고 싶다고."

"근데 너를 만난 순간부터 네가 세상에서 나를 가장 많이 웃기고 있는 사람 같은데?"

"나는 지금보다 더 너를 웃게 해주고 싶어. 그리고 네가 나로 인해 행복을 느꼈으면 좋겠어."

"나도."

"너도?"

"응 나도 네가 나로 인해 행복을 느꼈으면 좋겠어."

"어? 벌써 11시 다 되어가네?"

"응 나도 이제 가봐야겠다."

"그러면 밑에까지만 데려다줄게."

"아니야 괜찮아."

"내가 걱정돼서 그래 그러니까 밑에까지만."

"채아야 그러고 보니 우리 오늘 벌써 버킷리스트 3개나 이뤘네."

"그러게. 생각보다 빨리 이뤘네."

"이렇게 조금씩 하다 보면 금방 다 이루겠다."

"은유야 조심히 가. 월요일날 등교할 때 보자."

"응 월요일 아침에 보자."

"응 진짜 조심히 가!"

"응 너도 얼른 들어가."

나는 그렇게 채아의집에서 나와 늦은 밤 길을 걸었다. 잠깐 동안 집으로 가는 그 길이 평소와는 달리 너무 아름답게 보였고, 아름다운 밤이었다.

월요일 아침 나는 채아와 두 손을 꼭 마주 잡고 학교를 향해 걸어갔다. 그리고 어느새 다시 한번 시험이 다가오고 있었다.

"우리 너무 열심히 놀아서 그런가 또 다시 시험공부 해야겠네."

"우리 그럼 버킷리스트를 이루기 위해 도서관에 가서 같이 공부할까?"

"좋아 이번에는 더 열심히 해서 점수 더 올리자."

우리는 그렇게 또 하나의 버킷리스트를 이루었다.

그리고 한 달 뒤 우리에게는 여름방학이 시작되었다.

"우리 드디어 여름방학 시작이네?"

"응 너무 너랑 여름방학 보낼 생각 하니까 너무 기대된다."

"나도 너무 기대된다."

그렇게 나는 채아와 여름방학 동안 꽤 많은 버킷리스트들을 이루었다.

1. 교복 입고 놀이공원 가기.

7. 지역축제 가기.

12. 커플 아이템 맞추기.

15. 커플 배경 화면 하기.
16. 영화 보러 가기.
22. 커플룩 입어보기.
24. 저녁에 동네 놀이터에서 수다 떨기.
25. 저녁 산책 같이하기.
27. 같이 운동하기.
35. 같이 드라마보기.
..........등등의 꽤 많은 것들을 이루었다.

그리고 이때부터였던가? 왠지 더 많은 시간을 채아와 함께하고 싶었고, 괜히 더 빠른 시간 안에 버킷리스트들을 이루고 싶던 느낌이.. 난 그때까지도 알지 못했다. 몇 달 뒤 나에게 예고도 없이 불쑥 찾아올 위기를 말이다.

제3장 불쑥 찾아온 위기

나는 내 앞날에 대해서는 아무것도 모른 채 거의 2달의 여름방학 동안 많은 시간을 채아와 같이 보냈다. 그리고 개학한 이후 9월이 지나고 10월이 시작되었을 무렵 나는 그 불행이 무엇인지 알게 되었다.

때는 10월이 시작된 지 얼마 되지 않았던 주말, 부모님께서는 심각한 표정으로 내 방에 들어오셨다.
그리고 나는 그 순간까지도 몰랐고, 이렇게 큰일이 나에게 일어났을 거라고는 상상조차 하지 못했다.
그리고 내 방에 들어오신 부모님이 말씀하셨다.

'은유야 우리 미국으로 가야 할 것 같아. 미국에 계신 외할아버지께서 얼마 전부터 몸이 아프셨는데 지금은 상황이 많이 심각해져서 보호자가 같이 있어야 할 정도야.'라고 말씀하셨다.
나는 순간 어안이벙벙해서 아무 말도 못 하고 있었

다. 그렇지만 부모님은 이미 미국에 가기로 결정하신 듯 나에게 차근차근 더 말씀해 주셨다.

'할아버지께서 언제 괜찮아지실지 몰라서 계속 할아버지 있는 곳에서 살면서 할아버지를 챙겨드려야 해. 일단은 엄마가 며칠 뒤에 먼저 미국으로 가서 할아버지와 있을 건데 은유는 바로 갈 수는 없으니까 내년 2월에 아빠와 같이 미국으로 오면 될 것 같아.

엄마, 아빠가 은유가 미국에 안 가는 방향으로 많이 생각해 보면서 은유를 여기서 혼자 살라고 해볼까, 아니면 엄마 혼자 미국에 가고 은유랑 아빠만 여기에서 남아서 살라고 할까 많이 고민하고 의논해 봤는데 아무래도 우리 가족 모두 가는 방향이 좋을 것 같아. 은유야 갑자기 이렇게 통보하듯이 말해서 미안해.

엄마가 미국에 안 가는 방법도 생각해 봤는데 미국에 가서 할아버지를 제대로 챙겨드리면서 같이 살지 않으면 엄마가 나중에 너무나 큰 후회를 할 것 같아. 할아버지한테 남은 가족은 우리뿐이잖아. 할아버지 아마 많이 외로우실 거야.

그러니까 은유가 이번 한 번만 이해 해줬으면 좋겠어.

그래도 아직 미국에 가려면 몇 달 남았으니까 그동안 친구들이나 주변 지인들에게 미리 말하고 마음의 준비를 천천히 시작했으면 좋겠어. 아마 그건 은유가

알아서 잘할 거라고 믿어.'

이 말들을 남기신 채 부모님께서는 내 방에서 나가셨
다. 나는 갑작스러운 미국 이야기에 눈앞이 깜깜해졌
다.
나는 아프신 할아버지도 걱정이 되었지만 일단은 가장
먼저 채아 생각이 내 머리를 스쳤다.
채아를 생각하면 할수록 나는 당장이라도 부모님을
찾아가 미국에 가기 싫다고 말하고 싶었지만 아까 나
에게 할아버지를 말씀하시면서 울먹거리시던 엄마의
표정이 떠올라 가기 싫다고는 도저히 말씀드릴 수 없
었다.

그렇게 며칠 뒤 엄마께서는 먼저 외할아버지가 계신
미국으로 가셨다. 나는 채아에게 미국으로 가야 한다
고 말해야 한다는 걸 알고 있었지만 도저히 채아 앞
에서는 용기가 말할 용기가 생기지 않아 말을 하지
못 했고, 채아 얼굴만 보면 눈물이 나올 것 같았다.
채아는 그런 내가 이상하게 느껴졌는지 하루에 수백
번씩 나에게 물어보곤 했다.

"은유야 너 무슨 일 있어?", "정말 무슨 일 있는 건
아니지?"라고 말이다. 나는 그럴 때마다 채아에게 이
렇게 말하곤 했다.

"응 나 정말 아무 일도 없어 괜찮아."

"은유야 만약에라도 고민이있다면 언제든지 나에게 말해도 괜찮아. 그리고 나에게 숨기는 게 있다면 무엇이든지 네 마음의 준비가 되었을 때 나에게 말해 줘. 난 언제든지 네 편이니까. 그리고 난 언제든지 널 이해 해줄 수 있어."

"응 그렇게 고마워."

채아는 나를 이해해 주고 내 편이 되어준다고 말했지만 내가 다른 곳도 아니고 미국으로 간다는 걸 갑작스럽게 말해도 이해해 줄까? 그리고 미국에 가야 한다는 사실을 알고 있으면서도 아직까지도 자기에게 숨기고 있다는 사실을 알면 서운하면서도 내가 밉지 않을까?

채아가 나를 이해해 주길 바라는 내가 너무 이기적인 건 아닐까? 아니면 나는 채아가 나를 이해해 주지 않을까 걱정되는 것이 아니라 채아와 헤어지게 될까 봐 그게 두려워서 비겁하게 숨기고 있는 것이 아닌가? 미국에 가려면 몇 달이 남았지만 그렇다고 계속 숨기고 있을 수만은 없는 노릇인데 이제 난 정말 어떡하지 아무것도 모르겠다.

채아에게 어디서부터 이야기해야 하는지 무슨 말부터

꺼내야 하는지 내가 지금부터 어떻게 행동해야 하는지 까지도. 나는 자꾸만 채아를 피하고 싶었다.

채아를 볼 때마다 눈물이 나올 것 같았고, 채아를 볼 때마다 미안한 감정이 복 받쳤다. 하지만 현실적으로 채아를 계속 피할 수만은 없었다.

"아 참, 은유야 너.."
"어?!"
"뭐야 왜 그렇게 놀라? 진짜 나한테 뭐 숨기는 거 있어?"
"아니야, 내가 딴 생각하다가 네가 갑자기 불러서 놀랐나 봐."
"아 그래? 아무튼 은유 너 소원권은 대체 언제 쓸 거야? 방학하기도 전에 얻어낸거면서.. 이 정도면 소원권 자체를 잊어버린 거 아니야?"
"아니야 이제 곧 쓸거야 소원권."
"그래? 기억하고는 있었네 그럼 최대한 빨리 써 이것도 너무 안 쓰면 유효기간 만들 거야."
"알았어 최대한 빨리 쓸 거니까 걱정마."

나는 아직도 채아와 시시콜콜한 대화를 잠깐만 해도 이렇게 즐겁고 행복한데.. 미국에 가야 한다니 아직도 믿기지가 않는다.

그냥 이대로 여기서 행복할 수는 없는 걸까? 아 그냥

이대로 시간이 잠시 멈췄으면 좋겠다. 미국 가는 걸 숨기다보니 시간은 벌써 11월이다.

이제는 정말 채아에게 말을 해야할 때가 왔다.

"채아야 우리 사귀고 나서 처음으로 같이 갔었던 그 바다로 이번주 주말에 데이트갈래?"

"그 바다? 나는 너무 좋지!"

"그러면 주말에 그 바다 가서 즐겁게 놀다 오자."

"응 그러자!"

채아한테 괜스레 미안하다. 채아는 그저 나랑 즐겁게 데이트가는거라고 생각할텐데 나는 미국으로 떠나야 한다고 고백하러 가는 거니까.

사실 채아가 어떤 반응을 보일지 모르겠기에 그게 더욱 무섭고 채아에게 상처 주는 것 같아서 가슴이 쓰라리다.

-3일 뒤

드디어 오늘이다. 오늘은 무조건 무슨 일이 있어도 채아에게 꼭 전 해야 한다.

"은유야 아까부터 왜 이렇게 심각한 표정을 짓고 있어? 난 너랑 데이트왔다는 사실에 마냥 즐겁기만한 데.."

"저기 채아야 사실 너에게 해줄 말이 있어서 오늘 만

나자고 한 거야."

"할 말? 뭔데? 무슨 할 말이 있기에 이렇게까지 진지해."

"나 사실 미국으로 유학 가야 해."

"은유야 갑자기 그게 무슨..."

"갑작스럽게 말해서 미안해."

"아니 갑자기 유학을 간다고? 왜 가는데? 아니 언제 가는데?"

"나 내년 2월에 갈 것 같아. 우리 외할아버지가 미국에 살고 계시는데 많이 아프신가봐 그런 데다가 급격하게 몸이 더 안 좋아지셨데 보호자와 가족들이 필요할 정도래.

그래서 가족들이 미국에 가서 같이 살면서 할아버지를 계속 챙겨드리고 지켜봐 드려야 할 것 같아. 사실나 지난달에 내가 미국에 가야 한다는 사실을 부모님께 들어서 알고 있었는데 너한테 어떻게 말해야 할지도 모르겠고, 우리 사귄 지도 그렇게 오래되지 않았는데 갑자기 내가 미국에 가버린다고 하면 네가 나보고 헤어지자고 할까 봐, 너랑 헤어지게 될까 봐 그게 너무 무서웠고 무엇보다 너한테 너무 미안해서 미리 말 못 했어 진짜 미안해.

나도 너무나도 너랑 같이 있고 싶고 미국에 너무가

기 싫은데 할아버지 이야기해 주시면서 울먹거리시던 엄마 얼굴이 자꾸만 떠올라서 말조차 못 꺼냈어…"

……………

잠깐의정적이 흐르고 잠시 후 또르르 채아의 얼굴에서는 눈물이 한 방울씩 떨어지고 있었다.
"저기 채아야.. 너 울어? 아, 미안해 채아야 내가 내가 너무 바보 같아서.. 울지마.. 진짜 내가 미안하다는 말밖에 할 수 없어서 더 미안해."
나는 채아를 끌어안으면서 미안하다는 말만을 계속 반복했다.

"야 서은유 너는 내가 너 유학가서 돌아올 때까지 왜 못 기다리고 너랑 헤어질거라고 생각해? 내가 그런 애로 보여? 야 이 바보야 미국 가서도 나랑 연락하면서 계속 연애하면 되는 거 아니야? 왜 헤어질 생각부터 하는 건데."

"내가 미국에서 언제 돌아올지도 모르고, 네 옆에 계속 못 있어주잖아.. 그리고 내년에는 우리 둘 다 고3인데 공부하다 보면 연락도 자주 못 하게 될지도 모르잖아. 그리고 무엇보다 너는 가고 싶은 대학교도 나랑 같아서 나랑 같이 가고 싶어 했는데 내가 같이 못 가줄 수도 있고..."

"그런 걱정을 왜 벌써부터 해? 우리가 어떻게 될지는
아무도 모르는 건데.
그리고 내가 말했잖아 나는 무조건 네 편이라고.
그리고 나는 너를 먼저 놓아줄 생각이 없어 은유야.
먼저 헤어지자고 할 생각은 더더욱 없고.
나는 그냥 네가 나한테 바로 말 안 해주고 이제야 말
해줘서 조금 서운했던 거뿐이야. 그런데 네 말도 듣
고 보니까 네가 더 많이 힘들었겠다.."

"응 나 너무 힘들었는데 네가 이렇게 말해주니까 그
동안에 힘들었던 게 이제는 아무렇지도 않아."
"은유야 너 내년 2월에 미국 가는 거면 우리는 남은
몇 달 동안 데이트 많이 하자."
"응 당연하지 그리고 남은 버킷리스트도 더 이루자."
"그럼 우리 일단 지금은 아무것도 생각하지 말고 데
이트만 즐기자."
그날 우리는 마치 아무 일도 없었다는 듯이 정말 행
복한 데이트를 했다.
그리고 나와 채아는 내가 미국에 가기 전까지 더
자주 만났고, 더 자주 같이 있었다.

12월에 우리는 3. 첫눈을 함께 맞았고, 21. 눈사람를 같이 만들며 놀았고, 14. 크리스마스를 함께 보냈고, 12월4일 채아의 생일을 축하하며 함께 시간을 보냈다. 1월에 우리는 19. 1월1일 새해를 같이 보냈고, 20. 1월1일 일출을 보러 갔다. 그리고 2월4일 내가 미국으로 가기 하루 전날 채아와의 마지막 데이트를 했다.

그 많은날들중 나는 2월4일 미국 가기 하루 전날에 했던 데이트가 가장 기억에 남았다.

"은유야 오늘이 우리 마지막 데이트네? 너를 너무 보내주기 싫다.."

"언제든 너 보러 자주 한국에 올게."

"응 꼭 나 보러와 그럼 마중 나올게."

"채아야 나 소원권 있는 거 기억나지?"

"아 그러고 보니 아직 다 안 썼네?"

"그래서 나 오늘 드디어 그 소원권 쓰려고."

"소원권 다 쓰려고?"

"아니 일단 오늘 1개만. 그리고 2개는 나중에 쓸게."

"그래 네 마음대로 해."

"채아야 여기 이거 받아줄래?"

"이건.. 반지잖아."

"응 우리 버킷리스트에 18. 커플링 맞추기 있었잖아. 그래서 준비했어 여기에 내 소원권 쓸게.

네가 이 반지를 내가 돌아올 때까지 가지고 있었으면 좋겠어.

근데 만약에 정말 만약에 내가 돌아오기 전에 우리가 헤어진다면 그때는 네 마음대로 해."

"은유야 감동이야.. 근데 우리는 절대 헤어질 리가 없어 그러니까 이 반지는 평생 간직할 거야. 그리고 사실 나도 너 주려고 선물하나 준비했어."

"선물?"

채아는 나에게 상자 하나를 건넸다.

"채아야 이 사진들은.."

"응 우리 버킷리스트에 4. 포토 북 만들어서 모으기 있었잖아. 그래서 여태 우리가 만나면서 찍은 사진들을 포토 북으로 만들어봤어.

이거 보면서 나 자주 생각해. 그리고 우리 추억들 잊지 말고."

"응 소중히 간직할 거야. 그리고 난 우리 추억 절대 잊지 않을 거야. 너랑 함께했던 단 한 순간의 순간마저도 계속 기억할 거야."

"나도 너랑 같이 보낸 모든 추억은 절대 못 잊을 거야. 그리고 평생 기억할 거야."

제4장 내 첫사랑과 끝사랑은 결국 너

우리는 아쉬움을 뒤로한 채 작별 인사로 첫 입맞춤을 했다. 채아와의 잊지못할 또 하나의 추억을 가지고 다음 날 나는 가볍게 비행기에 몸을 실었다.

나는 도착하자마자 내가 적응해야 할 이곳을 둘러보고 할아버지께 인사도 드리고 그렇게 그날은 아주 바쁘게 보냈다. 왠지 이곳에서 잘 적응하며 잘 지낼 수 있을 것 같은 예감이 든다.

물론 내 옆에 채아가 없다는 게 가장 큰 단점이지만.. 뭐 괜찮다. 채아와 나는 떨어져 있어서도 서로를 사랑하기 때문이다.

-7개월 뒤

점차 시간이 지나 내가 이곳에 온 지도 벌써 7개월이 지났다. 그리고 나와 채아는 아직까지도 연락을하며 지내는 연인관계이다.

하지만 '몸이 멀어지면 마음도 멀어진다.'라는 말이

있듯이 지금 내 상황이 그렇다. 물론 아직도 채아를 아직 사랑하지만 고3인 우리들은 서로 공부하기 바빠 서로 연락을 하기도 연락을 보기도 둘 다 힘든 상황 이다.

그리고 나는 미국에 오기전 까지만 해도 내 삶엔 채 아만 있으면 된다고만 생각했었는데, 고3이되어 현실 을 파악하고 나니 자연스레 채아보다는 다른 것이 더 중요하게 느껴졌다.

그런 데다가 내가 언제 한국으로 돌아갈 수 있을지도 모르고 나는 나대로 채아는 채아대로 서로 바쁘니 연 락을 어쩌다 한번 하더라도 서로에게 서운함이 쌓여 있다는 것이 각자 느껴진달까.

전에는 서로 어떤행동을 하던 아무상관없이 마냥 좋 았는데 지금은 잘 모르겠다. 그냥 무엇을 하던 내 삶이 공허하게 느껴진다.

그리고 한국에서 나를 기다리고 있을 채아에게 아직 도 미안한 감정이 남아 마음의 짐이 생긴듯하다.
그런데 하필 이런 상황에 며칠 만에 채아에게서 전화 가 왔다.
-여보세요 은유야.
"응 채아야 오랜만에 전화하네. 며칠 동안 별일 없었

어?"

-그냥 공부하는 게 지친다라고 느낀 거 말고는 뭐 별
일 없었어.

....

"채아야 우리 헤어지자."

-어? 뭐라고?

"그게 내 두 번째 소원이야."

-갑자기 왜 그래, 너 무슨 일 있어?

"솔직히 우리 지금 서로 힘들잖아. 나는 나대로 이미
지쳤고, 너는 너대로 지쳐있잖아.

  고3이라 연애하는 게 힘들 거라는 거, 몸이 멀어지
면 서서히 마음이 멀어진다는 거 알고는 있었지만 생
각보다 더 힘들다."

-너 이제 나 안 사랑해?

"아니 사랑해."

-사랑하는데 왜 헤어져? 대체 왜 헤어지자는 건데?

"너를 너무 사랑해서."

-뭐?

"너를 너무 사랑해서 더 힘들어.

사랑이 이렇게나 힘든지 몰랐어.

  그리고 채아야, 너도 솔직히 공부하면서 미국에 있
는 나랑 연애하는 거 힘들잖아.

내가 언제 한국에 갈지도 모르는데 계속 나 기다리려
면 솔직히 너도 지치잖아.

그리고 나는 다른 남자친구들처럼 지금 당장 네 옆에
있어 주지도 못하는데 내가 괜히 너를 외롭게 하는
것 같아서 싫어.
그러니까 그냥 헤어지자.
그게 헤어지자는 이유야."

-은유야 난 괜찮아.
그리고 난 너 미국으로 떠나보낼 때 힘들 거라는 거
알았고, 각오하고 너 보내준거야.
그래서 나는 너 돌아올 때까지 언제까지나 기다려 줄
수 있는데..
근데 너는 왜....
 왜 헤어지자는 말을 그렇게 아무렇지도 않게 하는건
데?
....

-아, 넌 나 때문에 많이 힘들구나.
내가 너를 지치게 하는 존재구나.
그럼 내가 계속 널 힘들게 할 수는 없으니까,
그래. 우리 헤어지자.
근데 마지막으로 딱 한 번만 물어볼 게 진짜 나랑
헤어지는 게 소원이야? 진심으로?
".....응 내 소원이야. 진심으로."
-그래 그럼. 우리 진짜 헤어지자.

"미안해."

-미안하다고 말하지 마. 미안하다는 말 들으면 진짜 너랑 못 헤어질 것 같으니까. 미련 없이 널 놓아주고 싶어. 그러니까 미안하다는말 제발 하지 마.

"만약 우리에게 다시 만날 좋은 기회가 있다면 우리 그때는 이런 식으로 헤어지지 말자. 잘 지내 반채아."

-뚝

그렇게 전화는 끊겼다. 나는 전화가 끊어지고 나서야 제대로 소리 내 울 수 있었다. 나는 그날 하루 종일 미친 듯이 울었다.

첫사랑과의 첫 연애 난 이렇게 허무한 헤어짐은 상상조차 해보지 않았었는데.. 헤어지자고 말한 내 선택이 정말 잘한 일일까?

이렇게 가슴이 미어지는 걸 보니 내가 채아를 사랑하는 건 정말 진심이었구나. 이제야 깨달았지만 이미 너무 늦었다.

그날 밤 나는 도저히 잠을 잘 수 없었다. 전화 너머로 들리는 채아의 우는 목소리가 계속 귓가에 맴돌아 도저히 잠을 이룰 수 없는 밤이었다.

시간이 흘러 나는 이제 20살 성인이다. 나는 지금 한국이다. 한국에 있는 대학에 합격해 열심히 대학 생활을 하고 있다.

사실 여기는 채아와 같이 다니기로 약속했었던 대학이다. 그래서인가 이 대학을 오면 채아가 생각날 것 같아 다른 학교도 찾아봤지만, 헤어짐.

그것 또한 추억이다. 라고 생각하고 이곳에 입학했다.

아니, 솔직히 말하면 나는 아직 채아를 잊지 못했다.
그래서 이 학교에 입학했을지도 모른다.
혹시나 이곳에서 채아를 볼 수 있을까 해서.

그런데 놀랍게도 대학에 입학하고 얼마 지나지 않아 같은 대학에서 우연히 채아와 마주쳤다.

이게 무슨 일이지 싶겠지만,
그렇다. 채아도 이 학교에 입학한 것이었다.
하지만 헤어진 사이에 인사하고 지내는 건 너무 불편하기도 하고 채아는 분명 이제 나에 대한 마음을 접었을 테니까 나는 채아를 볼 때마다 최대한 피해 다녔다. 채아도 나를 피하는 것 같았다.

그렇게 대학 생활을 정신없이 하다보니 지금 계절은 벚꽃이 피는 4월이다.

나는 문득 고2에 갔었던 수학여행지에 있었던 벚나무가 떠올라 그곳에 찾아갔다. 그곳은 예전과는 다르게 주변이 살짝 바뀐 듯한 느낌이 들었지만 그 나무만은 그대로인 것 같았다.

내가 온 지금 이 시간에는 사람이 많이 보이지 않았다. 생각보다 조용한 분위기 탓인지 나는 멍때리듯 그 나무를 쳐다보며 홀린 듯 벚꽃잎 하나를 쓱 잡았다.

그리고 아무 생각 없이 뒤를 돌아보니 내가 가장 보고 싶었던 반채아가 내 눈앞에 서 있었다.

나와 눈이 마주친 반채아는 서서히 나에게로 다가왔다. 그리고는 나에게 말했다.

"서은유 나도 벚꽃잎 잡았는데."

그렇게 나를 보며 벚꽃잎을 잡았다는 그 한마디를 했다.

나는 너무나도 믿지 못할 드라마 같은 상황에 입만 뻐끔거릴 뿐 아무 말도 나오지 않았다.

"서은유 나 안 보고 싶었어? 나는 너 보고 싶었는데."

"반채아 네가 여길 왜.."

"네가 생각나서 와봤는데 진짜로 네가 있네? 그러는 너는 너도 내 생각나서 온거 아니야?"

"맞아. 너를 못 잊어서 왔어."

"뭐야 헤어져도 추억으로 계속 기억해 주기로 했으면서 거짓말쟁이."

"응 나 진짜 바보 같아."

"나 못 잊을 거면서 왜 헤어지자고했어 바보야."

"그러게."

"그럼, 우리 둘 다 서로 못 잊었는데 다시 사귈까? 나랑 다시 연애 안 할래? 바보 서은유씨?"

"이번에도 네가 먼저 고백하네 나한테."

"그러게 넌 언제 나한테 먼저 고백해 줄래? 일단 그래서 대답은?"

"두 번 말할 것도 없이 당연히 좋아."

"그럼 이번에는 헤어지지 말고 잘 연애해 봐요.
서은유씨."

"그래요. 반채아씨.
근데 갑자기 웬 존댓말이야? 네가 존댓말 해서 나도 쓰긴했지만.."

"어른되서 만난 기념이기도 하고, 새롭게 처음처럼 다시 연애하자는 의미에서 그냥 한번 써봤어."

"근데 은유야 우린 진짜 운명인가 봐. 그때도 지금도 결국은 돌고 돌아 우리 둘이 이루어졌잖아."

"그러게 반채아 넌 영원한 내 첫사랑이자 마지막 사랑이야. 이제 다시는 너랑 안 헤어져 아니 못 헤어져."

"서은유 너도 영원한 내 첫사랑이자 마지막 사랑이야."

"채아야 근데 나 소원권 1개 남은 거 기억나?"

"너 그걸 아직도 기억해?"

"응 너와의 추억을 하나도 못 잊었으니까."

"그래 운명처럼 다시 재회했겠다. 네 마지막 이제라도 들어줄게 소원이 뭔데?"

"이미 이루어졌어."

"언제?"

"지금. 너랑 다시 연애하는 게 내 소원이었으니까 이미 이루어진 셈이지."

"뭐야 고2 때 느끼했던 서은유가 돌아온 거야?"

"고2때 보다는 더 성숙해진 서은유가 되었지."

"그래 성숙해진 서은유 기대할게."

"그런데 채아야."

"응?"

"운명이 날 데려다준 곳은 결국 너의 앞이네."

"그러게 진짜 신기하다."

…………

"반채아 사랑해."

"나도 서은유 사랑해."

'열여덟, 열아홉..'

그때의 우리는 첫사랑이란 감정을 느낀 것도, 연애도,
헤어짐도, 사랑한다는 말들조차도 모두 처음이었고
너무나도 어설프게 그 길을 흘려보냈지만.

지금 '스물'의 우리는 서로를 사랑한다는 자연스럽고
도 당연한 말과 함께 서로의 소중함을 깨닫고 따뜻한
포옹과 입맞춤을 하며 마지막엔 서로의 손을 꼭 붙잡
고 핑크빛으로 물든 길을 향하여 함께 걸어간다.

-짧은 뒷이야기

"은유야 진짜 그 벚나무가 우리를 계속해서 이어지게
해준 걸까?"
"난 그렇게 믿어. 우리가 정말 서로를 간절히 사랑하
는 운명이었기 때문에 그 벚나무가 우리를 계속해서
이어준 거라고."